書下ろし

美女百景

夕立ち新九郎・ひめ唄道中

睦月影郎

祥伝社文庫

目次

「美女百景」の舞台

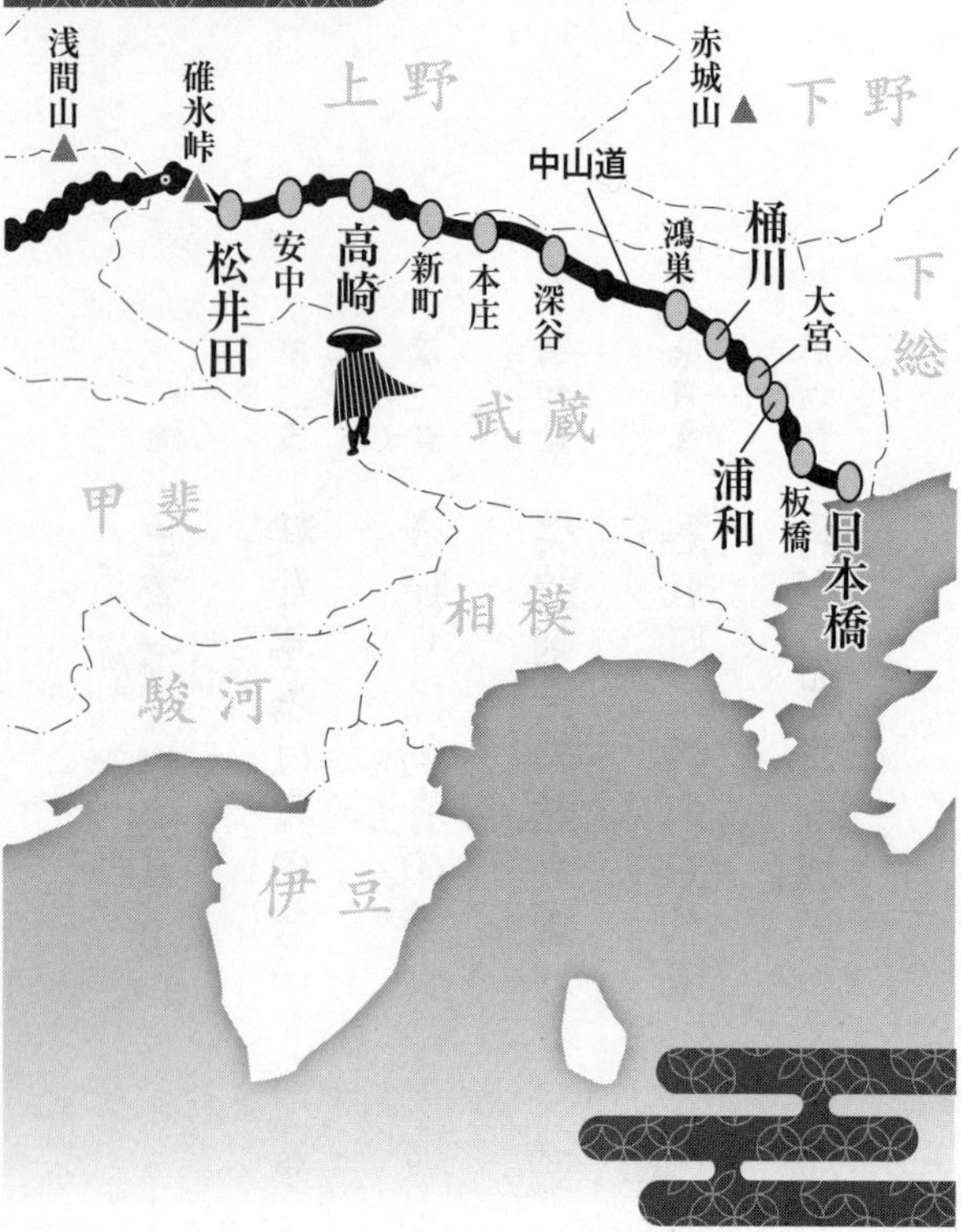

浅間山
碓氷峠
上野
赤城山
下野
中山道
松井田
安中
高崎
新町
本庄
深谷
鴻巣
桶川
大宮
浦和
板橋
日本橋
下総
武蔵
甲斐
相模
駿河
伊豆

第一章　色香漂《ただよ》う謎《なぞ》の鳥追い

一

（旅に出て、もう半年になるか……）

新九郎《しんくろう》は、日の傾《かたむ》く街道を歩きながら思い、彼方《かなた》に見える茶店に向かった。

そこで、なけなしの金を使って夕餉《ゆうげ》を食い、あとはいつものように野宿になるだろう。

神無月《かんなづき》も半《なか》ばとなり、そろそろ夜風も冷たくなっているが、先の心配はあまりしていない。この半年で、すっかり無宿人の暮らしが板についてきたということなのだろう。

ここは上野国《こうずけのくに》、碓氷《うすい》の関所にも近い松井田《まついだ》の宿《しゆく》の外れ。

茶店に入って飯を頼むと、麦飯に漬け物と吸物という、一汁一菜にもすっかり慣れた。

奥に、一人の客が居て同じように飯を食っていた。

傍《かたわ》らには三度笠《さんどがさ》に道中合羽《がっぱ》、業物《わざもの》らしい長脇差《ながどす》が置かれて、新九郎同様の無宿人らしい。

新九郎より五つ六つ年上の、三十前後に見えたが大層な貫禄《かんろく》であった。

その男が、飯を食い終わって金を払うと、新九郎の方にやって来た。

「あんた、元は武士だね」

いきなり話しかけてきた。低いがよく通る声だ。

「なぜ」

「なあに、箸《はし》の使いようや飯の食い方で分かるもんさ。これからどっちへ?」

「南へ」

別に正直に答える義理はないが、この街道筋から向かうのは、北か南かどちらかしかない。

「そりゃあ好都合だ。使いを頼まれちゃくれめえか。高崎《たかさき》在に辰巳《たつみ》の権造《ごんぞう》という親分がいるから、この金五十両を持っていって欲しいんだ。これで貸し借り無しという書状を書く。で、これは駄賃だ」

男は袱紗《ふくさ》を置き、二十五両の包みを二つ見せて言った。駄賃は、天保《てんぽう》一分銀。

「いや、駄賃は要《い》りやせんが、なぜあっしなんぞを信用なさるんで」

新九郎は言ったが、男は矢立《やたて》を出し、さらさらと使いの手紙を書いた。

「多くの人を見てきたが、あんたは信用できると踏んだのさ。俺はこれから悶《もん》着《ちゃく》が治まるまで会津《あいづ》の方へ行くので」

「お前様はどちらの親分さんで」

「国定村《くにさだ》の忠治《ちゅうじ》」

言われて、新九郎は思わず立ち上がっていた。いかに新米の渡世人《とせいにん》でも、この上州《じょうしゅう》でその名を知らぬ者は居ない。

天保十二年（一八四一）、このとき忠治三十一歳。

悶着というのは、八州廻《はっしゅうまわ》りとのいざこざである。

八州廻りは、関東取締出役のことで、上野、下野《しもつけ》、上総《かずさ》、下総《しもうさ》、常陸《ひたち》、武蔵《むさし》、相模《さがみ》、安房《あわ》の無宿人を取り締まる、幕府勘定奉行配下の役人たちである。身分は足軽《あしがる》だが、八州では権勢を振るい、忠治も大々的な賭場《とば》やお上との対立の中で追われることとなった。

どうやら辰巳親分というのは、八州廻りの手伝いをしてお目こぼしされている一家らしい。

「こ、これは……。あっしは前林《まえばやし》無宿の新九郎と申しやす」

「おお、あんたが夕立《ゆうだち》の。噂《うわさ》は聞いていたが、なるほど元武士か。いや、昔のことは聞かねえ」

忠治は言い、書状を畳《たた》んで金と一緒に置いた。駄賃は固辞しようとしたが、

「まあそう言わずに」

強くすすめられ、新九郎も受け取った。

夕立新九郎という二つ名が噂になったのは、ふた月前の、ある騒動が切っ掛けになったのだが、さすがに忠治はそんな噂も記憶していたようだ。

やがて新九郎も飯代を支払い、忠治と一緒に茶店を出て合羽を羽織《はお》り、三度笠を被った。

「では頼んだぜ。夕立の」

「ええ、親分さんもお達者で」

辞儀をして言うと、忠治も手を振って足早に去っていった。関所ではなく、山越えをするようだ。

子分も多いだろうに分散し、今はあくまで隠密裏《おんみつり》に行動をして、高崎へ寄る余裕もないまま、たまたま行き会った新九郎に金を預けたのである。

それを見送り、新九郎も中山道《なかせんどう》を行き、重い小判の束を懐中に抱えながら南に向かっていった。

高崎へは明日になるだろうから、結局今夜は野宿になる。もらった金があるが、まだ使いも果たしていないし、旅籠《はたご》など次の安中宿《あんなか》までないだろう。

日も没《ぼっ》して夕闇が迫ってきたので、野宿の場所を探していると、街道を外れた森の手前に古寺が見えたので、そちらへと向かった。

灯《あか》りも洩《も》れていないので、夜盗なども居ないようだ。

彼は荒れ果てた境内《けいだい》の草を掻《か》き分けて進み、今にも崩《くず》れそうな古寺の庫裡《くり》へと入った。

「おや、旅人さんお一人？」

と、筵《むしろ》に寝転んでいた女が、半身を起こして言った。

傍らには二つ折りの笠と三味線《しゃみせん》が置かれ、夜目にも白く整った顔立ちは、まだ二十歳《はたち》前であろうか。

「先客か。ではあっしは本堂で寝よう」

「いえ、そんな。寂《さび》しいのでここでご一緒に」

新九郎が場所を変えようとすると、女が引き留めた。

「これも何かのご縁でしょう。私は初音《はつね》。旅人さんは？」

「新九郎」

「そう、ならば新《しん》さんでいいわね」

初音は妙に馴《な》れ馴れしく言い、急に元気になったように手早く火を熾《おこ》して囲炉《いろ》裏《り》の薪《まき》を燃やした。

「八州廻りが厳しくなるまで、ここは賭場だったようで、何でも揃《そろ》ってますよ」

彼女が言い、新九郎が灯りに透《す》かして周囲を見回すと、なるほど薪も鍋《なべ》も備えられていた。

もう飯は済《す》んだので寝るだけだが、やはり火があると落ち着けた。

彼も、三度笠と合羽を脱いで振り分け荷物を下ろし、長脇差を置いて腰を下ろした。

そして彼女に知られぬよう、そっと懐中の包みを合羽の間に隠した。

初音は鳥追いのようだ。

鳥追いは、本来は害鳥を田畑から追い払うため、鳴り物や鳥追い唄などを奏《かな》でながら練《ね》り歩く行事だ。

しかし女の鳥追いは、正月や婚礼のときなど門口に立って、三味の音とともに縁起唄など歌っていくばくかの金をもらう流しの旅芸人で、時には春をひさぐこともあるという。

初音は、旅をしている割りに色白で可憐《かれん》な顔立ちをし、歳もまだ十八ばかりであろう。

「どうぞ、お気遣いなくお楽に」

「ああ」

言われて、新九郎も手甲脚絆《てっこうきゃはん》を外し、草鞋《わらじ》と足袋《たび》も脱いだ。初音も、すでに素足になって脚を投げ出している。気がつくと、庫裡の中には生ぬるく甘ったるい女の匂《にお》いが立ち籠《こ》めていた。

「ここで会ったのもご縁ですから、一つお願いがございます」

初音が言う。今日はよくよく、誰かに会って頼み事をされるようだ。

「何だ?」

「私の初物《はつもの》をもらってやって下さい」

「なに……」

言われて、新九郎は目を丸くした。

「いずれ身体《からだ》を売ることになるでしょうが、どうせなら新さんのように優しそうな良い男に捧《ささ》げたいです。生娘《きむすめ》というのを信じて頂ければの話ですが」

初音が言う。

「別に、疑う謂《いわ》れもないが」

「新さんはお若いけれど、もう女は？」

「一度だけ宿場女郎を抱いてみたが、実に味気なく無理に果てたようなものだ。自分でする方がずっと良かった」

新九郎は正直に答えた。

「私は、何でも致しますから」

初音は、すっかりその気になったように言い、帯を解きはじめてしまった。

確かに横になって受け入れるだけの女郎と違い、初音ほどの美貌ならば、村の分限者《ぶげんしゃ》に言い寄られれば何でも望み通りにしなければならず、また実入りも多いことだろう。

もちろん新九郎も、その美貌に激しく淫気を高めてしまった。

「初めては痛いと聞くが、大丈夫かな。明日歩けなくなっても困る」

「ええ、張り形で稽古《けいこ》していますから、もう痛くありません」

初音の言葉に、彼は衝撃を受けた。そこまでしなければならない、彼女の必死な思いと境遇が垣間《かいま》見えるようだった。

とにかく、これほど熱く求められて断る理由もない。それに新九郎は、自分でもかなり淫気の強い方だと思っているのだ。

そして初音が羞《は》じらいを含んで脱いでゆき、みるみる白い肌を露《あら》わにさせていくと、さらに甘ったるい匂いが漂《ただよ》った。

新九郎も帯を解き、着物と股引《ももひき》を脱ぎ、腹掛けと下帯も全て取り去り全裸になって、着物を敷《し》いた筵に横たわったのだった。

二

「すごい、こんなに勃《た》っていて嬉《うれ》しい……」

同じく一糸まとわぬ姿になった初音が息を呑《の》んで言い、屹立《きつりつ》した新九郎の一物に視線を釘付《くぎづ》けにさせたまま顔を寄せてきた。

新九郎は、無垢《むく》な娘の熱い視線と息を股間に感じながら、興奮と期待に激しく胸を高鳴らせた。

初音がそっと指を這《は》わせて幹を撫《な》で、張りつめた亀頭に触れると、

「ああ……」

彼は快感に思わず喘《あえ》いだ。

宿場女郎はただ仰向《あおむ》けになっているだけで、一物など触れてくれず、ただ挿入して重なり、何度か動いて果てただけであった。

しかし初音は慈《いつく》しむように、張り形とは違い血の通った肉棒を撫で回し、ふぐりをつまんで持ち上げ、遠慮なく観察するように尻の穴まで覗《のぞ》き込んできた。

新九郎は旅の途中、川を見つけては水浴びしてきたから、今日もそれほど汚れてはおらず、少々汗ばんでいる程度だろう。

そして初音は、とうとう舌を伸ばし、ふぐりを舐《な》め回しはじめたのである。

「く……」

新九郎は驚いたが、あまりの心地よさに拒《こば》む気など起きず、ただされるまま美しい顔の前で股《また》を開いてじっとしているだけだった。

初音は二つの睾丸を舌で転がし、熱い息を股間に籠もらせながら、とうとう一物の裏側を舐め上げてきた。舌先が滑《なめ》らかに先端まで這い上がり、粘液の滲《にじ》む鈴口がチロチロと舐められた。

張り形を持っているだけあり、鳥追いの姉貴分からお大尽《だいじん》を悦《よろこ》ばせる、多くの技巧などの話を聞いていたのかも知れない。

「く……」

新九郎は急激に高まり、息を詰《つ》めて暴発を堪《こら》えた。

さらに初音は張りつめた亀頭にしゃぶり付き、そのままスッポリと喉《のど》の奥まで呑み込んでいった。

熱い鼻息が恥毛をそよがせ、可憐な唇が幹の付け根を丸く締め付けて吸い、口の中ではクチュクチュと舌がからみつくように蠢《うごめ》くと、たちまち肉棒全体は無垢で生温かな唾液にどっぷりと心地よく浸《つ》かった。

新九郎は快感に身を任せ、思わずズンズンと股間を突き上げてしまった。

「ンン……」

初音も、喉の奥を突かれるたび小さく鼻を鳴らして吸引と舌の蠢きを続け、動きに合わせて顔を上下させ、濡《ぬ》れた口でスポスポと強烈な摩擦《まさつ》を繰り返してくれたのだ。

たちまち彼は限界が来てしまい、あっという間に絶頂に達してしまった。

「い、いく……！」

突き上がる絶頂の快感に口走ると同時に、ありったけの熱い精汁がドクンドクンと勢いよくほとばしり、初音の喉の奥を直撃した。

「ク……」

彼女は噴出を受け止めながら小さく呻《うめ》き、それでも摩擦を続行してくれた。

何という快感だろう。宿場女郎はともかく、どんなに感じる妄想で手すさびしたときより、その何十倍も大きな快感であった。

しかも、無垢な女の口を汚すという快楽も絶大だった。

「アア……」

新九郎は身悶《みもだ》えながら声を洩らし、心置きなく最後の一滴まで出し尽《つ》くしてしまった。

そして、すっかり満足しながら力を抜いていくと、ようやく初音も吸引と舌の蠢きを止め、亀頭を含んだまま口に溜《た》まった大量の精汁をゴクリと一息に飲み込んでくれたのだ。

「あう……」

嚥下《えんげ》とともに口腔がキュッと締まり、彼は駄目押《だめお》しの快感に呻いた。まさか飲み込むとは思わず、その感激も驚きとともに胸を満たした。

全て飲み干すと、初音はチュパッと軽やかに音を立てて口を離し、なおも余りをしごくように幹を握って動かし、鈴口に脹《ふく》らむ白濁の雫《しずく》までペロペロと舐め取ってくれたのだった。

「く……、も、もういい……、済まない……」

彼は降参するように腰をよじりながら声を洩らし、幹をヒクヒクと震わせた。

「ああ、飲んじゃったわ。でも、少しも嫌じゃないです」

顔を上げた初音がチロリと可憐に舌なめずりして言い、甘えるように添い寝してきた。

新九郎は添い寝されながら荒い呼吸を整え、余韻《よいん》に浸《ひた》り込んだ。

「ね、落ち着いたら、ちゃんと入れて下さいね」

「ああ……」

初音が言い、もちろん一回で終わるわけもなく新九郎は頷《うなず》いた。

そして回復の間、彼は初音の乳房に顔を埋《うず》め、薄桃色の乳首にチュッと吸い付いていった。

「あん……」

舌で転がすと、初音がビクリと肌を震わせ、可愛《かわい》い声で喘いだ。

新九郎は、たちまちムクムクと回復しながら彼女にのしかかり、左右の乳首を交互に含んで舐め回した。

さすがに乳房は若々しい張りを持ち、彼は顔中を押し付けて感触を味わった。

そして初音の腕を差し上げ、腋《わき》の下にも鼻を埋め込み、汗に生ぬるく湿った和毛《にこげ》に籠もる甘ったるい匂いを胸いっぱいに嗅《か》いだ。

「アア……、くすぐったい……」

初音がクネクネと身悶えながら喘ぎ、さらに濃厚な体臭を揺らめかせた。

新九郎は生娘の匂いを心ゆくまで味わってから、白く滑らかな肌を舐め降りていった。

愛らしい臍《へそ》を舐めると、腹部も弾力に満ち、下腹はピンと張り詰めていた。

せっかく口に射精したばかりなのだから、すぐ陰戸《ほと》に向かうことをせず、彼は初音の腰からムッチリした太腿《ふともも》へと降りていった。

脚を舐め降りても、初音はされるままじっと身を投げ出し、荒い呼吸を繰り返していた。

丸い膝小僧《ひざこぞう》から滑らかな脛《すね》、足首まで舌でたどると、彼は足裏に回り込んで顔を押し付け、踵《きびす》から土踏まずまで舐め回した。

「あう……、そ、そんなこと……」

初音が驚いたように呻いて言ったが、拒みはしなかった。

新九郎は縮こまった足指の間に鼻を割り込ませ、汗と脂《あぶら》にジットリ湿って蒸れた匂いを貪《むさぼ》った。

女のナマの匂いが鼻腔《びこう》を刺激し、彼は陶然《とうぜん》となりながら爪先《つまさき》にしゃぶり付き、順々に指の股に舌を挿《さ》し入れて味わった。

「アア……、堪忍《かんにん》……」

初音が熱く喘いで腰をよじらせ、唾液に濡れた指でキュッと彼の舌を挟《はさ》み付けてきた。

新九郎はもう片方の足もしゃぶり尽くし、味と匂いを堪能《たんのう》した。

そしていよいよ脚の内側を舐め上げ、僅《わず》かに立てた両膝の間に顔を割り込ませて股間に迫っていった。

「あん……、まさか、舐めたりするのですか……」

初音が声を震わせ、ヒクヒクと白い下腹を波打たせた。

新九郎は答える代わりに、張りのある滑らかな内腿を舐め、熱気と湿り気の籠もる中心部に顔を進めた。

自分も舐めてもらい、しかも精汁を飲んでもらったのだから、彼も当然のように舐めるつもりでいた。

それに陰戸を間近で見て、味わうのが密《ひそ》かな夢だったのである。

間近に迫って目を凝《こ》らすと、ぷっくりした股間の丘に楚々《そそ》とした若草がほんのひとつまみほど煙《けむ》っていた。

割れ目からはみ出した桃色の花びらは露《つゆ》を宿してヌメヌメと潤《うるお》い、彼はそっと指を当てて左右に広げてみた。

「く……」

触れられた初音が呻き、彼の熱い視線と息を感じて内腿を震わせた。

中も綺麗な薄桃色の柔肉で、生娘の膣口が花弁のように襞《ひだ》を入り組ませて息づき、囲炉裏の火に照らされてポツンとした尿口の小穴も見えた。

そして包皮の下からは、ツヤツヤと光沢あるオサネも顔を覗かせ、女の神秘を目《ま》の当たりにした新九郎は興奮と感激に包まれた。

「そ、そんなに見ないで……」

初音が羞恥《しゅうち》に声を震わせると、彼は吸い寄せられるようにギュッと顔を埋め込んでいった。

柔《やわ》らかな若草に鼻を擦《す》りつけて嗅ぐと、隅々には腋に似た甘ったるい汗の匂いが籠もり、それにほのかなゆばりの匂いも入り混じって、悩ましく鼻腔を搔き回してきた。

新九郎は胸いっぱいに生娘の匂いを満たし、舌を挿し入れていった。

ヌメリは淡《あわ》い酸味を含み、彼は膣口の襞を搔き回し、ゆっくりと味わいながらオサネまで舐め上げていった。

三

「あぁッ……、い、いい気持ち……」

初音がビクッと顔を仰《の》け反《ぞ》らせて喘ぎ、内腿でキュッときつく新九郎の両頰《ほお》を挟み付けてきた。

彼は生娘の濃厚な体臭を貪りながら、チロチロと舌先で弾《はじ》くようにオサネを舐め回した。すると淫水の量が格段に増え、たまに膣口を探ると舌の動きが滑らかになった。

さらに新九郎は初音の両脚を浮かせ、白く丸い尻にも迫っていった。

谷間には、綺麗な桃色の蕾《つぼみ》がひっそりと閉じられ、細かな襞を震わせていた。

鼻を埋め込むと、顔中に弾力ある双丘が密着し、生ぬるい汗の匂いに混じって秘めやかな微香が籠もっていた。

新九郎は匂いを貪ってから、舌先で襞を舐め回して濡らし、ヌルッと潜《もぐ》り込ませて滑らかな粘膜まで味わった。

「あう……、駄目……」

初音が朦朧《もうろう》となって呻き、キュッと肛門で舌先を締め付けてきた。

彼が内部で執拗《しつよう》に舌を蠢かせると、鼻先にある陰戸からヌラヌラと大量の蜜汁が溢《あふ》れ出てきた。

ようやく脚を下ろし、舌を陰戸に戻してヌメリを掬《すく》い取り、再びオサネにチュッと吸い付いていった。

「も、もう堪忍……、どうか中に……」

初音が気を遣《や》りそうになりながら身を反らせ、声を上ずらせて哀願した。

すっかり回復している新九郎も、待ちきれない思いで身を起こすと、そのまま股間を進めていった。

大股開きにさせた中心部に先端を押し付け、位置を合わせて押し込んだ。

張りつめた亀頭が潜り込むと、あとは潤いに導かれるようにヌルヌルッと滑らかに根元まで呑み込まれていった。

「アアッ……！」

初音が声を上げ、キュッときつく締め付けてきた。

新九郎も、肉襞の摩擦と熱いほどの温《ぬく》もり、ヌメリと締まりの良さに包まれてうっとりと快感を嚙《か》み締めた。さっき口に出していなかったら、挿入しただけで果てていたかも知れない。

彼は温もりと感触を味わいながら股間を密着させ、脚を伸ばして身を重ねていった。

すると初音も下から両手を回してしがみつき、膣内は息づくような収縮を繰り返した。

「痛くないか」

「ええ、存分に突いて下さいませ……」

気遣って囁《ささや》くと、初音が健気《けなげ》に小さく答えた。さすがに張り形で稽古してきただけあり、破瓜《はか》の痛みはそれほどなく、むしろ血の通った肉棒に快楽を覚えているようだった。

新九郎は、上から唇を寄せた。

可憐な唇が僅かに開いて、ぬらりと光沢ある歯並びが覗き、熱く湿り気ある息が洩れていた。鼻を押しつけて嗅ぐと、乾いた唾液の香りに混じり、果実のように甘酸《あまず》っぱい芳香が鼻腔を刺激してきた。

彼は初音の吐息に酔いしれながら唇を重ね、舌を挿し入れながら徐々に腰を突き動かしはじめた。

「ンンッ……」

彼女が微《かす》かに眉《まゆ》をひそめて呻き、反射的にチュッと彼の舌に吸い付いてきた。

いったん動くと、もうあまりの快楽に腰が止まらなくなってしまった。

どうせ張り形で慣れているだろうからと新九郎は自分に言い聞かせるように、次第に勢いを付けて律動を続けた。

さらに多くの淫水が溢れて動きが滑らかになり、クチュクチュと湿った摩擦音も淫《みだ》らに響いてきた。

「ああッ……、すごい……！」

初音が息苦しくなったように、淫らに唾液の糸を引いて口を離し、熱く喘いで両手に力を込めた。

新九郎も激しく高まり、可憐な果実臭の息を嗅ぎながら、いつしか股間をぶつけるように突き動かしてしまった。摩擦音に、肌のぶつかる音が混じり、たちまち彼は二度目の絶頂を迎えた。

「く……！」

突き上がる快感に呻きながら、熱い精汁をドクドクと勢いよく柔肉の奥にほとばしらせた。

「あう、熱いわ……、もっと……」

初音が噴出を感じて口走り、さらにキュッキュッときつく締め付けてきた。

まだ気を遣るには到らなかったようだが、まるで彼の絶頂が伝わったように膣内の収縮が活発になった。

新九郎は心ゆくまで快感を味わい、最後の一滴まで出し尽くしていった。

これで可憐な初音の、口と陰戸の両方に出したことになる。

すっかり満足した彼は、徐々に動きを弱めてゆき、力を抜いて初音に身を預けていった。

まだ膣内は息づくように締まり、刺激されるたび射精直後の一物がヒクヒクと内部で跳《は》ね上がった。

「も、もう堪忍……」

初音も過敏になったように言い、新九郎も甘酸っぱい息を間近に嗅ぎながら、うっとりと快感の余韻に浸り込んでいった。

初音も肌の強《こわ》ばりを解き、グッタリと身を投げ出していた。

新九郎が、そろそろと股間を引き離して添い寝すると、

「ああ、嬉しい……」

初音が言い、横からしがみついてきた。

新九郎も、二度の射精と旅の疲れで、もう全身から力が抜け、このまま眠りたいと思った。

すると呼吸を整えた彼女が身を起こし、自分の手拭《てぬぐ》いで一物を拭《ふ》き、陰戸も手早く処理をして着物を掛けてくれた。

そして全裸で身を寄せ合ったまま、いつしか新九郎は深い睡《ねむ》りに落ちていったのだった……。

――夢を見ていた。

あたりは激しい夕立にけぶり、新九郎は抜き身を手にしていた。

（ふた月前のことか……）

彼は思い、夢の中の情景が回想であることを自覚していた。

周囲には、長脇差を抜いて身構える破落戸《ごろつき》が五人。顔を雨に打たれながら懸命に目を剝《む》き、間合いを詰めてきていた。

五人は流れ者の無宿人で、急な雨で家へ急ぐ農家の娘を拐《かどわ》かそうとしたところへ新九郎が行き合わせたのである。

「お、お助け下さい……！」

娘が必死の面持ちで彼に言って背に回り込んだので、仕方なく刃を交えることとなってしまった。

「ああ、分かった。家へ帰りなさい」

言うと娘はぺこりと頭を下げ、足早に立ち去っていった。

「おう、てめえはどこの誰だ」

真ん中の、頬に傷のある瘦《や》せた男が言う。

「名乗る必要もないが、前林の新九郎という。お前さん方は？」

「うるせえ！」

楽しみを奪われた男が喚《わめ》いて斬りかかってきた。

「渡世の仁義《じんぎ》もわきまえないのか」

新九郎は言い、身を躱《かわ》すなり抜刀して、峰打《みねう》ちを手首に叩き込んだ。

「野郎……！」

他の連中も一斉に斬りかかってきたが、長年剣術道場に通っていた新九郎の敵ではなかった。

破落戸は、単に勢いで突きかかってくるだけである。長脇差はろくに切れない鈍刀《なまくら》で、折れるのを恐れて突くのが主流だった。

しかし新九郎の剣術は、江戸で千葉《ちば》周作《しゅうさく》が開いた玄武館《げんぶかん》から来た師範に習い、防具を着けて竹刀《しない》で打ち合う実戦が主流である。

素早い動きに慣れている彼にとって、破落戸の攻撃は実にゆっくり見え、刃筋も容易に先を読むことが出来た。

だから身を躱しながら新九郎は、峰打ちを連中の小手《こて》や胴に打ち付け、たちまち全員を昏倒《こんとう》させてしまったのである。

彼は五人をそのままに捨て置いて旅を続けたが、その出来事が、夕立新九郎の異名を生むことになった。

（あ、朝か……）

物音に目を覚ました新九郎は、ハッと全裸のまま身を起こした。初音の姿はなく、彼は急いで合羽の隙間《すきま》に隠しておいた金を探ったが、それは元のまま無事だった。

と、そこへ身繕《みづくろ》いを済ませた初音が戻ってきたのである。

四

「いやですよ。私は護摩《ごま》の灰じゃありませんからね」

初音は新九郎の仕草を見ていたようだが、さして気分を害したふうもなく可憐な笑顔で言った。

護摩の灰は、弘法《こうぼう》大師の焚《た》いた護摩の灰と偽って売る詐欺《さぎ》のことだが、転じて旅人の金品を掠《かす》め取ることも指した。

「ああ、済まない。別に疑ったわけじゃないんだ」

「下帯もすぐ乾きますので」

新九郎が言うと、初音は囲炉裏に沸《わ》いている鍋に干し飯《いい》と味噌《みそ》を入れた。すでに日が昇り、どうやら下帯や腹掛けは洗って干してくれたようだ。

新九郎は振り分け荷物から洗濯済みの下帯を出した。干してある分が乾けば、ここへ入れておけば良い。

しかし寝起きで、一物が激しく突き立っていた。

(これでは、夕立ではなく朝立ちの新九郎だな……)

彼は思うなり、急激に淫気を催《もよお》してしまった。

それに朝餉を済ませたら、初音とも別れることになり、急に名残惜《なごりお》しくなったのだ。

「初音、済まないが一度だけ……」

「ええ、朝からですか。でも、したら力が抜けて旅が難儀になります」

言うと、彼女が鍋を掻き混ぜながら答えた。

「ああ、指で構わないから、少しの間だけ添い寝して欲しい」

新九郎は、下帯を着けるのを待ち、全裸のまま再び横になった。

「まあ、何てすごい張りよう……」

初音も呆《あき》れたように一物を見て言い、素直に添い寝してくれた。

彼が甘えるように腕枕してもらうと、初音も手を伸ばし、やんわりと一物を握って動かしてくれた。

「このような動きでよろしいですか」

「ああ……」

柔らかな手のひらでニギニギと愛撫《あいぶ》されながら、新九郎は快感に息を弾《はず》ませて頷き、ヒクヒクと幹を震わせた。

若くて美しい女の温もりと匂いに包まれていると、明日をも知れぬ無宿人など止《や》めて平穏な暮らしをしたいような気になってきた。

新九郎は揉《も》んでもらいながら彼女の唇を求め、ピッタリと密着させた。

舌を挿し入れると、初音も受け入れてネットリと舌をからめ、甘酸っぱい果実臭の息を弾ませた。

「唾《つば》を、もっと……」

唇を触れ合わせたまま囁くと、初音も懸命に唾液を分泌《ぶんぴつ》させ、口移しにトロトロと注《そそ》ぎ込んでくれた。

新九郎は小泡の多い生温かな粘液を味わい、うっとりと喉を潤して高まった。

さらに彼女の口に鼻を押しつけ、可憐な息の匂いで胸を満たした。

「い、いきそう……」

彼は初音の唾液と吐息に酔いしれ、絶頂を迫らせて言った。

「やっぱり、お口でしましょうか」

するとと彼女が、愛撫の指を休めて言ってくれた。

「嫌でなければ……」

「嫌じゃありません。元気がもらえそうなので」

「ならば顔に跨《また》がって……」

新九郎は言い、彼女の下半身を求めた。

「良いのですか。跨がったりして……」

初音は言って身を起こし、裾《すそ》をからげて白くムッチリした太腿を付け根まで露わにさせた。

そしてためらいがちに尻込みしている彼女の足首を摑《つか》んで顔に跨がらせると、ようやく観念してしゃがみ込み、同時に一物に顔を寄せていった。

女上位の二《ふた》つ巴《どもえ》になり、新九郎の目の前いっぱいに白い尻と内腿が覆《おお》いかぶさった。

初音は亀頭にしゃぶり付き、熱い鼻息でふぐりをくすぐりながら舌をからめてきた。新九郎は快感に腰をよじりながら、真下から初音の股間を見上げ、腰を抱き寄せていった。

伸び上がるようにして、尻の谷間の可憐な蕾に鼻を埋めると、秘めやかな匂いが鼻腔を刺激し、ひんやりする双丘が顔中に心地よく密着してきた。

彼は美女の尻を顔中で感じながら舌を這わせ、蕾にヌルッと潜り込ませ、さらに陰戸にも潜り込んでいった。

若草に鼻を擦りつけ、汗とゆばりの匂いを貪り、割れ目に舌を挿し入れると、淡い酸味を含んだ淫水の味わいがあった。

生娘でなくなったばかりの膣口を舐め回し、ツンと突き立ったオサネに吸い付くと、

「ンンッ……！」

初音が深々と一物を呑み込みながら熱く呻き、さらに強く吸い付いてきた。

新九郎は彼女の前も後ろも味わい、悩ましい匂いに酔いしれながらズンズンと股間を突き上げてしまった。

すると初音も懸命に顔を上下させ、濡れた口でスポスポと強烈な摩擦を繰り返し、一物を清らかな唾液にまみれさせた。

「い、いく……！」

たちまち限界が来て、新九郎は大きな絶頂の快感に包まれて口走った。

同時に、朝一番の濃厚な精汁が勢いよくドクドクとほとばしり、初音の喉の奥を直撃した。

「ク……」

噴出を受け止めながら初音が呻き、さらに吸い出してくれた。

新九郎は、魂《たましい》まで吸い取られるような快感の中、心置きなく最後の一滴まで出し尽くしてしまった。

「ああ……」

満足して声を洩らし、グッタリと身を投げ出して息づく陰戸を見上げた。

初音も吸引を止め、一物を含んだまま口に溜まった精汁をゴクリと飲み干してくれ、彼はピクンと幹を震わせた。

ようやく彼女が口を離し、幹を握ったまま鈴口のヌメリまで丁寧《ていねい》にチロチロと舐め取ってくれた。

「あう……、も、もういい……、済まなかった。有難《ありがと》う……」

新九郎が腰をよじり、降参するように言うと、初音も舌を引っ込めて身を起こした。そして恥ずかしげに裾を直し、彼は荒い呼吸を繰り返しながら余韻を嚙み締めたのだった。

やがて新九郎も起きて下帯を締め、腹掛けと股引、着物を着て帯を締めた。そして二人でつましい朝餉を済ませると、裏の井戸端で房楊枝《ふさようじ》を使って歯を磨《みが》き、乾いた下帯をしまい込んだ。

「世話になった」

「よして下さい。そんなつもりじゃなかったのだから」

財布からいくばくかの金を出そうとすると、初音が怒ったように言った。

「そうか、ならば達者でな」

新九郎は手甲脚絆を着けて立ち上がり、荷を肩に振り分けて合羽を着込んだ。尻端折《しりつぱしよ》りをして長脇差を腰に落とし込み、三度笠を被って紐《ひも》を締めた。

ちなみに刀なのに長脇差というのは、町人でも旅に出たときは護身用に許される道中差しの一種ということで、お上に黙認してもらうための方便である。

長脇差は斬るより突くのが主流だから、反りが少ない直刀に近いものだが、新九郎の得物は無銘の業物を長脇差に拵《こしら》えたものであった。

「ええ、私はもう少し休んでから出ますので。またどこかでお目にかかりましょう」

初音が言い、新九郎は彼女をあとに庫裡を出た。

名残惜しいが、今は何しろ忠治に頼まれた使いがある。

今までは、前林の界隈《かいわい》を当てもなく歩き回って、飢饉《ききん》と貧困に喘ぐ村々の様子を見てきた。

身寄りを全て失ったため無宿人の道を選んだが、一度江戸を見てみたい気もしていた。そして今は、頼まれごととはいえ目的が出来たことが嬉しくもあったのである。

荒れ寺を出て街道に戻り、新九郎は懐中の金と手紙を抱え込むようにして、安中、板鼻《いたはな》の宿場を越え、高崎に着いたところで昼餉にし、少し休んでから辰巳の権造一家を探そうとした。

すると、宿場町を歩きはじめたところで、すぐにも相手の方から彼を見つけてくれたのである。

「あれえ、てめえは……」

頬に傷のある痩せた男が、目を真ん丸にして新九郎に言った。法被《はっぴ》に、辰巳の字が染め抜いてある。

一緒にいる連中の中にも見覚えのある顔があったので、どうやらふた月前の流れ者の破落戸で、今は権造一家の世話になっているようだ。

「へ……、捜したぜえ。おい、親分のところへ行って仲間を集めてこい」

男が、他の連中に言った。

「いや、こっちから行こう。辰巳の親分に用があるんだ」

「なにい」

新九郎が言うと、男が眉を段違いにして彼を睨《にら》んだ。

「さあ、案内を頼む。客人に無礼をすると、あとで大目玉を食うぞ」

「い、いいだろう。こっちだ」

言うと、男はたじろぎながらも答え、やがて新九郎は連中に案内されて歩きはじめていった。

五

「前林の新九郎と申しやす。辰巳の権造親分さんに言付《ことづ》けがあって参りやした」

新九郎は権造一家の三和土《たたき》で笠を脱ぐと、奥から出てきた代貸《だいがし》らしい男に腰を屈《かが》めて言った。

「なに、言付け？」

恭《うやうや》しく受け取

「これを」

言われて、まず新九郎が手紙を差し出すと、代貸が手早く広げて目を通した。

そんな様子を、破落戸たちが新九郎を取り囲んで見守っている。

「く、国定の忠治親分から……！　お待ちを」

代貸の態度があらたまり、急いで奥へ引っ込んだ。

すると、すぐに足音が聞こえ、四十年配の太った男が顔を見せた。手紙を読みながら足早に出てきたようだ。

「これは、親分さんでございますか」

「ああ、辰巳の権造だが、忠治親分からの手紙を持って来たのはお前さんかい」

「へえ、それと預かった金がここに」

新九郎は、懐中から袱紗を出して広げ、二十五両の包みを二つ見せた。

「こ、こりゃあ……、おい、何ぼやっとしてやがる。客人を奥へ！」

権造が金を包んで言うと、代貸が新九郎の笠と合羽、長脇差を恭《うやうや》しく受け取った。そして新九郎が上がり框《かまち》に腰掛けて草鞋の紐を解こうとすると、

「さっさと盥《たらい》を持って来やがれ！」

頬に傷のある破落戸が、代貸に嫌と言うほど頭を叩かれた。

新入りの破落戸たちは慌《あわ》てて盥を取りに行き、余った者は新九郎の草鞋の紐と脚絆を解いてくれた。

やがて足を洗って拭き、上がり込むと新九郎は奥の座敷へ招かれた。

すぐに子分たちが折敷《おしき》に酒と肴《さかな》を持って現れ、権造も入ってきて彼の正面に座った。

「手紙と金五十両、確かに受け取りやした」

「ええ、事情は存じやせんが、あとはどうかよしなに」

権造が銚子《ちょうし》を差し出して言い、新九郎も答えながら盃《さかずき》に受けた。

「忠治親分とはどこで?」

「二つばかり先の街道筋の茶屋で」

「ほう、どちらへ行くとか聞いておりやせんか」

「何も聞かず、ただ預かってここへ参りやした」

新九郎は、そう答えた。辰巳一家は八州廻りの息がかかり、忠治の捜索に一役買っているかも知れないからだ。

「左様《さよう》で。いやあ、それにしても正直に金を持ってくるとは、渡世の仁義を心得たお方だ。昨今はそんな漢《おとこ》が少なくなりやしてね」

権造は言い、太い腹を揺すって笑った。

と、そのとき門口から三味の音とともに歌声が聞こえてきた。

〽七草《ななくさ》なずなの唐土《もろこし》の鳥が、日本の土地に渡らぬ先に……

「お、鳥追いだ。呼んでやれ。女手が少ねえから客人の相手に」

権造が言うと子分の一人が外へ呼びに行き、間もなく入ってきて頭を下げたのは、初音であった。

「初音と申します」

「おお、可愛い娘だ。どうか酌をしてやってくれ」

権造が言い、初音も心得て年長の権造から酌をし、新九郎の盃にも注《つ》いだ。

もちろん互いに知り合いの素振りは見せないが、新九郎はまた会えた嬉しさに胸が熱くなってしまった。

「まあ、ゆるりと過ごして下さいやし。夕立新九郎と言えば噂の御仁だ。もっとも夕立の時に悶着を起こした連中は、今うちで雇い入れてるが」

「恐れ入りやす」

「なあに、あれは五人相手の喧嘩《けんか》だ。新九郎さんに非はありゃしやせん」

権造は鷹揚《おうよう》に言い、さらに子分に料理を運ばせた。

「ときに新九郎さん、この先のあてはあるんですかい」

「いえ、初めて前林を出たので、あてはありやせんが」

「ならば好きなだけここに居てくださいな。八州廻りの取り締まりが厳しくなっているから、あんまり無宿人がうろうろしてるとしょっ引かれやすぜ」

「へえ……」

「ここは八州様にお世話になっているから心配いりやせんぜ。賭場は小さいが、遊んで行きなさるといい。おい、初音と言ったな。何か弾いてくれ」

「はい、では」

言われて、初音が三味線を構えて歌い出した。

〽あの鳥どっから追ってきた、信濃《しなの》の国から何を持って、何を持って、柴《しば》ぬいて、柴の鳥も河辺の鳥も、立ちやがれホーイホーイ……

「ああ、良い声じゃないか。もっと色っぽい歌はないのか」

権造が上機嫌で言い、初音も俗謡をいくつか披露した。

すると外からも、祭り囃子《ばやし》が聞こえてきたのだ。

「おお、天神《てんじん》様の祭りが始まるんだ。新九郎さんも、旅の疲れを癒《い》やしに見に行きなさるといい」

「ええ、では明るいうちに少し歩いて参りやす」

言われた新九郎は、答えて立ち上がった。むさ苦しい親分と差し向かいでいるよりは、華《はな》やかな祭り囃子に惹《ひ》かれたのだ。

着流しのまま雪駄《せった》を借りて外に出ると、彼方の山の麓《ふもと》には天神様があるらしく色とりどりの幟《のぼり》が見えていた。

そちらへ向かって歩きはじめると、すぐにも初音が追ってきた。

「新さん。私も出て来ちゃった。こっちよ」

初音が言い、手を引かんばかりに天神様へと向かっていく。

「前に、この土地へ来たことがあるのか?」

「ええ、少し前までは辰巳一家もまだ羽振りが良くなくて、私はあの旅籠にお世話になったことがあるの」

初音が指す方を見ると、柏木屋《かしわぎや》と看板の掛かった大きな旅籠があった。

「前は辰巳一家より大きな一家を構えていたのだけど、先代が死んでから堅気《かたぎ》になって、今は大名の本陣宿も務めることになったのよ。それを権造親分が妬《ねた》んで女将《おかみ》の紅緒《べにお》さんを強引に自分のものにしようとして、それをたしなめたのが、ちょうど力を持ちはじめた忠治親分」

「へえ、よく知ってるな」

新九郎は感心して言った。

やはり若くても、土地土地を渡り歩いていると、様々なことが耳に入ってくるようだ。

では忠治は侠気《おとこぎ》から、せっかく堅気になった柏木屋をそっとしておくよう権造に言い、顔を立ててくれた礼として五十両渡したのかも知れない。

もっとも権造が、同じ土地の柏木屋を諦《あきら》めたかどうかは分からない。

まして辰巳一家が最近になってのしてきたのは、八州廻りと癒着《ゆちゃく》してからだろう。役人に追われている忠治を捕まえれば手柄になるだろうから、権造こそ渡世の仁義も何も無視しそうであった。

それに本陣宿ともなれば、町の顔役としては喉から手が出るほど欲しい役回りであろう。

とにかく柏木一家は、長年の辰巳一家とのいざこざを避《さ》けて堅気になり、大きな旅籠で成功しているようだった。

「あら、初音ちゃんじゃないの」

と、ちょうど柏木屋から出て来た女が気づいて声を掛けてきた。

「まあ、紅緒さん。お久しぶりです」

「正月以来かしら。またお祭りに合わせて来ていたのね」

にこやかに言う紅緒は三十前後、目鼻立ちの整った美形だが、本来なら先代を継いで女親分になったかも知れず、濃い眉と切れ長の目に凛《りん》とした凄味《すごみ》が垣間見えていた。

「こちらは」

「夕立の新九郎さん」

「まあ！」

初音が言うと紅緒は驚いて新九郎を見つめ、

「どうか中へ、少しだけでも……」

思い詰めた顔つきで彼を店に誘い、新九郎と初音は中に入った。そして帳場の脇《わき》にある座敷へと招き入れられた。

「ずいぶん、辰巳一家の若い衆があなたのことを捜し回っていたようですが、大丈夫なのですか」

紅緒が座って心配そうに言う。

「ええ、忠治親分の金と手紙を届けに来たので、今は辰巳一家に」

「そうなのですか……。親分さんにはずいぶんご迷惑を……」

新九郎の言葉に、紅緒は嘆息《たんそく》して言い、事情を話しはじめたのだった。

第二章　粋《いき》な年増は蜜の匂《にお》い

一

「父が言い残してました。八州廻《はっしゅうまわ》りに付け届けをして手先になるくらいなら、一家を畳《たた》んで堅気《かたぎ》になれと」

紅緒が、新九郎に言う。

すると初音は、話が長くなりそうなので立ち上がった。

「私は三味《しゃみ》を返してもらいに辰巳一家に戻りますね。お祭りなので、あちこちで稼いできます」

「そう、じゃ手代に伝えて。客人と大事な話があるから誰も来ないようにって」

「分かりました。じゃ」

紅緒に答え、初音は部屋を出て行った。

「そうでしたか。八州廻りも、かなり横暴と聞いておりやすので」

「ふふ、渡世人《とせいにん》の言葉がぎこちないですね。元はお武家様でしょう」

紅緒が笑みを含んで言った。二人きりになると、急に眼差《まなざ》しが熱っぽくなった
ように感じられた。

「なぜ」

「五人を相手に峰《みね》打《う》ちであしらうなんて、ちゃんとした剣術を習わないと無理で
しょうし、それに立ち居振る舞いを見れば分かりますよ」

さすがに紅緒も、堅気になったとはいえ、いつ辰巳一家と一触即発《いっしょくそくはつ》となるか
分からないので、渡世人たちの事情に通じているようだ。

「そうですか。忠治親分にも一目で見抜かれました」

「親分さんはお元気でしたか。父の生前に何度か逗留《とうりゅう》してもらい、辰巳一家と
の間に立って、ずいぶんお世話になりましたので」

「ええ、ほとぼりが冷めるまでしばらく遠くへ」

「そう。ところで、ここへ滞在してもらえないでしょうか」

紅緒がにじり寄って囁《ささや》くように言い、生ぬるく甘い匂《にお》いが漂《ただよ》った。

「ええ、いつまでも辰巳一家に居るつもりはないのですが」

金と手紙を届けたので、もう辰巳一家にとどまる義理はないのだ。

「間もなく、前林藩の参勤交代で、若殿が江戸へ向かいます。そのとき本陣としてうちにお泊まり願うのですが、どうにも心細くて」

「前林藩の……」

「それに辰巳一家と癒着《ゆちゃく》しているのは、八州廻りだけではないんです。前林藩の国家老が、病弱な殿様になり代わり、側室に産ませた自分の子を藩主にさせようとして、何か辰巳一家に話を持ちかけているようで」

「そ、そんなことどこでお聞きに……」

「あちこちから、いろいろと話が入ってくるのです。うちへの逗留中に、若殿に毒でも盛られたりしたら、どんなことになるか。それには少しでも、頼りになる方の人手が……」

紅緒が言う。

どうやら各方面に情報網を持っているようだが、大名の泊まりとなると近在の手伝いも呼び、多くの人が出入りするので目が行き届かないのだろう。

「どうか、助けてくださいませ。今は殿様を迎える仕度《したく》のため、他のお客はお断りしています。せめてご一行の逗留の間だけでも、大したおもてなしは出来ませんが」

紅緒が、縋《すが》るように言い、新九郎は生ぬるく甘ったるい匂いに股間が熱くなってきてしまった。

彼女は、亭主持ちではないようだが、手代やその他の男との体験は皆無《かいむ》ではないだろう。男を知った色気を前面に出されては、ろくに女を知らぬ彼はひとたまりもなかった。

そして紅緒は、目ざとく彼の淫気を察したのかも知れない。

とうとう彼女は新九郎に顔を寄せ、抱きすくめてきたのである。

「あの、初音ちゃんは抱きましたか」

耳元で熱く囁かれると、ゾクリと首筋に震えが走った。

「い、いえ……」

「あの子はまだ幼いですよ。私なら何でもいろいろと」

紅緒が言い、そのまま新九郎の耳に舌を這《は》わせてきた。

別に色仕掛けで籠絡《ろうらく》しようというのではなく、本当に困り切って縋る思いが先に立ち、自分に出来ることを必死に行なっているようだ。

それに相性が悪くないと判断したのかも知れず、彼女自身、ここのところ忙しくて欲求を解消する余裕もなかったのだろう。

新九郎も激しい淫気に朦朧《もうろう》としながら、そのまま顔を向けて唇を重ね合わせてしまった。

「ンン……」

紅緒が嬉《うれ》しげに熱く鼻を鳴らし、舌を挿《さ》し入れてきた。

肉厚の舌がネットリとからみつき、うっすらとした紅白粉《べにおしろい》の香りに混じって、紅緒本来の白粉のように甘い匂いを含んだ吐息が、生ぬるく彼の鼻腔《びこう》を湿らせてきた。

やはり初音とは違う、大人の女の匂いだった。

新九郎も舌をからめ、滑《なめ》らかな感触と生温かな唾液のヌメリを味わいながら、激しく勃起していった。

すると紅緒が彼の股間を探り、そっと唇を離した。

「嬉しい。すごく硬くなって……」

彼女は言って、大胆にも裾《すそ》をからげると、座布団を並べて仰向《あおむ》けになってしまったのだ。

「どうぞ……」

白くムッチリした脚を丸出しにし、すぐにも挿入をせがんできた。

新九郎も裾をめくって手早く股引《ももひき》と下帯を取り去り、激しく勃起した肉棒を露《あら》わにさせた。

しかし、すぐ入れる気はなく、彼は投げ出された脚を広げ、両膝《ひざ》の間に顔を潜《もぐ》り込ませていったのである。

「あッ……、何をなさいます……」

「入れる前に、少しだけ舐《な》めたい」

「そんな、元お武家が私のような女の股《また》など……、あう！」

張りがあって量感ある内腿《うちもも》を舐め上げて陰戸《ほと》に迫ると、紅緒が呻《うめ》き、どうやら彼が本気らしいと察してガクガクと脚を震わせた。

見ると、ふっくらした股間の丘に黒々と艶《つや》のある恥毛が濃く密集し、下の方は露《つゆ》を宿していた。

肉づきが良く丸みを帯びた割れ目から桃色の花びらがはみ出し、そこもヌメヌメと淫水に潤《うるお》い、股間全体に熱気と湿り気が籠《こ》もっていた。

指で陰唇を広げると、膣口の襞《ひだ》には白っぽく濁《にご》った粘液もまつわりつき、小指の先ほどもあるオサネがツヤツヤと光沢を放って突き立っていた。

もう堪《たま》らず、新九郎は顔を埋《うず》め込んでいった。

柔《やわ》らかな茂《しげ》みに鼻を擦《す》りつけて嗅《か》ぐと、やはり汗とゆばりの匂いが、初音より成熟した体臭に混じって鼻腔を刺激してきた。

舌を這わせると、淡《あわ》い酸味のヌメリが動きを滑らかにさせ、彼は味わいながら膣口からオサネまで舐め上げていった。

「く……！」

紅緒が呻き、慌《あわ》てて口を押さえた。

奉公人たちは、みな厨《くりや》や各部屋の掃除にかかり、誰も来るなとは手代に伝えたものの、あまり大きな声は出せないと思ったのだろう。

彼は上の歯で包皮を剝《む》き、完全に露出した大きめのオサネに吸い付きながら、さらにチロチロと舌先で弾《はじ》くように舐め回した。

「う……、だ、駄目《だめ》……、堪忍《かんにん》……」

気の強そうな紅緒が息を詰《つ》め、哀願するように囁いた。

しかし淫水の量は格段に増え、新九郎はオサネを愛撫《あいぶ》しながら溢《あふ》れる蜜汁をすすった。

さらに彼女の両脚を浮かせ、白く豊満な尻の谷間にも潜り込み、襞の揃《そろ》った綺麗な蕾《つぼみ》に鼻を押しつけた。

双丘に顔中を密着させて嗅ぐと、こちらは初音と同じように秘めやかな匂いが籠もり、また悩ましく鼻腔が刺激された。

彼は充分に嗅いでから舌先を蕾に這わせて襞を濡《ぬ》らし、潜り込ませてヌルッとした粘膜も味わった。

「ヒッ……、い、いけない……」

紅緒は驚いたように息を呑《の》み、キュッと肛門で舌先を締め付けてきた。

新九郎は内部で舌を蠢《うごめ》かせてから、再び陰戸に戻って淫水をすすり、オサネに吸い付いた。

「も、もう駄目……、変になりそう……」

紅緒が声を上ずらせて言い、必死に身を起こして彼の顔を股間から追い出してきた。

新九郎もようやく離れて仰向けになり、屹立《きつりつ》した幹を震わせた。

「どうか、上から」

「ちゃ、茶臼《ちやうす》(女上位)で……?」

言うと紅緒は半身起こしたままためらい、それでも吸い寄せられるように屈《かが》んで、まずは一物にしゃぶり付いてくれた。

「ああ……」

新九郎は、股間に美女の熱い息を受けながら快感に喘《あえ》ぎ、紅緒の口の中でヒクヒクと一物を上下させた。

「ンン……」

紅緒も喉《のど》の奥まで呑み込んで熱く呻き、ネットリと舌をからめて肉棒を濡らしてから、スポンと引き抜いて跨《また》がってきた。

自らの唾液に濡れた先端に陰戸を押し当て、息を詰めて腰を沈み込ませると、彼自身はヌルヌルッと滑らかに根元まで呑み込まれていった。

二

「アアッ……、す、すごい……、奥まで当たるわ……」

深々と受け入れた紅緒が、完全に股間を密着させて座り込み、顔を仰《の》け反《ぞ》らせて喘いだ。

新九郎も肉襞の摩擦《まさつ》と締め付けに陶然《とうぜん》となり、股間に美女の重みと温《ぬく》もりを受け止めながら激しく高まった。

それにしても、初音と出会ってから急激に女運が良くなったようだ。

紅緒は味わうようにキュッキュッと膣内を収縮させ、何度かグリグリと股間を擦りつけてきた。

そして上体を起こしていられなくなったように、ゆっくりと身を重ねてきた。

互いに着衣で、股間だけが嵌《は》まり込んでいるのも実に淫《みだ》らな感じだった。

「す、すぐいきそう……」

紅緒が顔を寄せ、熱く甘い息で囁きながら腰を遣いはじめた。

新九郎も両手を回し、動きに合わせてズンズンと股間を突き上げた。

次第に互いの調子が一致して律動が滑らかになり、クチュクチュと淫らに湿った摩擦音が響いた。

溢れた淫水が彼のふぐりから肛門の方まで伝い流れ、彼は間近に紅緒の甘い息を嗅ぎながら絶頂を迫らせた。

唇を重ねて舌をからめると、

「ンンッ……！」

紅緒も彼の舌に吸い付きながら呻き、激しく動いて収縮を活発にさせた。

たちまち限界が来て、新九郎は昇り詰めてしまった。

「く……！」

突き上がる大きな快感に呻きながら、ありったけの熱い精汁をドクドクと注入すると、

「い、いく……、ああッ……！」

噴出を受け止めた紅緒も声を上げ、同時に気を遣《や》ってしまったようだ。

収縮が最高潮になり、飲み込むようにキュッキュッときつく締まった。

新九郎は、大人の女の絶頂の凄《すさ》まじさに圧倒されながらも、心ゆくまで快感を嚙《か》み締め、最後の一滴まで出し尽《つ》くしていった。

すっかり満足しながら徐々に突き上げを弱めていくと、

「アア……」

紅緒も声を洩《も》らし、熟《う》れ肌の強《こわ》ばりを解きながらグッタリともたれかかり、遠慮なく彼に体重を預けてきた。

まだ膣内は名残惜《なごりお》しげに収縮を繰り返し、刺激された一物がピクンと内部で跳《は》ね上がった。

「あう、もう堪忍、暴れないで……」

紅緒も感じすぎて呻き、押さえつけるようにキュッときつく締め上げた。

新九郎は美女の重みと温もりを受け止め、熱く甘い息を間近に嗅ぎながら、うっとりと快感の余韻《よいん》を味わったのだった。

「ね、今度は夜に、ゆっくりして……」

紅緒が荒い呼吸を繰り返しながら囁いた。確かに今は慌ただしく、裸にもならず肝心なことだけ行なったのだ。やはり新九郎も次は、熟れ肌の隅々まで味わいたかった。

「ああ……、あまり乗っていると申し訳ないわ。でも力が入らなくて……」

紅緒が言い、それでも懸命に股間を引き離してゴロリと横になった。

そして懐紙を手にし、手早く陰戸を拭《ぬぐ》ってから、手探りで一物も拭《ふ》き清めてくれた。

「こんなに良かったの初めて……。でも驚きました、あんなところまで舐めるなんて……」

横になったまま紅緒が言い、羞恥《しゅうち》と快感を思い出したようにビクリと肌を波打たせた。

「尻の穴とか？」

「アア、言わないで、恥ずかしい……」

言うと紅緒は小娘のように両手で顔を覆《おお》ったが、さすがに陰戸を舐められたことぐらいはあるのだろう。

やがて呼吸を整えると新九郎は身を起こし、下帯を着けて股引を直した。

紅緒もようやく起き上がって身繕《みづくろ》いをし、鏡に向かい髪と唇を確認した。

「では、本当にこちらにお世話になって構いませんか」

「ええ、どうか是非にも、お待ちしておりますので」

「ならば少し祭りを見たら、辰巳一家に荷を取りに行き、夕刻にはこちらへ」

「わあ嬉しい……」

言って立ち上がると、紅緒は手を合わさんばかりに答えて頭を下げた。

部屋を出ると紅緒も見送りに出て、新九郎は雪駄《せった》を突っかけて柏木屋をあとにした。

そして祭り囃子《ばやし》に誘われて天神様《てんじん》の境内《けいだい》に入り、出店に群がる人々の間を縫《ぬ》って本堂の横に入ると立ち止まって振り返った。

と、そこへ追ってきた傷のある男が新九郎と鉢合《はちあ》わせした。

「おっ……」

立ちすくんだ男は、取り繕う余裕もなく声を洩らした。

どうやら新九郎が柏木屋に入るところから見ていたのだろう。

「お前さん、名は」

「よ、与七《よしち》だ……」

「あっしを尾けろと代貸《だいがし》に言われたのかい」

「し、知らねえ……」

「まあいい、団子でも食おう」

新九郎は言い、近くの縁台に座って団子を一串頼み、自分の分を手にして残りを与七に差し出した。

少しためらった与七も、受け取って端に座ると団子を頬張《ほおば》りはじめた。

「権造親分はどんな人だ」

「太っ腹には違《ちげ》えねえ。氏《うじ》素性も分からねえ流れ者の俺らを雇い入れてくれたんだ。人使いは荒《あれ》えが三度の飯が食える」

「そうか」

恐らく貧農の出で、国では食えず飛び出してきた口だろう。

権造が、誰彼構わず雇い入れるのは、近々人手が必要な何かを画策しているのかも知れない。

「おう、新九郎さんよ。あんた一体どうするつもりだ。辰巳一家に草鞋《わらじ》を脱ぐのか、それとも他へ行くのか」

与七が訊《き》いてきた。

「一度、江戸を見てみたいんだがなあ……」

「けっ、物見遊山《ものみゆさん》たあ気楽なもんだ。江戸なんざここら以上に無宿人への取り締まりが厳しいぜ」

「お前さん江戸を知ってるのか」

「いや、江戸から流れてきた奴に聞いた。無宿人狩りで、大川《おおかわ》の堤防工事に駆り出され、疲れ果てて命からがら逃げ出してきたようだ」

与七が言い、団子を食い終えた新九郎は茶を二つ頼んだ。

「あんた物腰が良いから武士に化けられそうだ。ならば前林藩の渡り徒《かち》にでも雇ってもらえば江戸へ行けるんじゃねえか」

与七のような男からも、やはり新九郎はただの渡世人とは一風違って見えるようだ。

「なるほど、知恵が回るな。だが前林藩は十万石だ。渡り徒など雇わなくても、充分に見栄えのする行列になることだろう」

新九郎は言って茶をすすり、二人分の支払いを済ませた。

「さて、じゃ辰巳一家に戻るとするか」

新九郎は立ち上がった。

「今夜はうちへ泊まりなさるんだね」

「いや、柏木屋へ行くことにする。綺麗な女将《おかみ》がいたからな。それに忠治親分のことも聞きたがっている」

彼が言って歩き出すと、与七も両手で弥蔵《やぞう》を作り、肩を揺すってついてきた。

「与七、あっしが丸腰の今なら後ろから刺せると思っただろう」

「め、滅相《めっそう》も……」

前を見ながら言うと、図星だったようで与七は慌てて答えた。

「命は大事にしろよ。夕立のおり斬り捨てることも出来たのだぞ」

「へえ……」

与七は素直に頷《うなず》き、やがて二人は辰巳一家に戻った。

新九郎は、置いてあった三度笠《さんどがさ》に合羽《かっぱ》、振り分け荷物に長脇差《ながどす》を持ち、権造に挨拶《あいさつ》した。

「では、お世話になりやした」

「い、行きなさるのか。少しゆっくりしてもらいてえんだが」

「ああ、この町からは出やせん。柏木屋の女将と忠治親分の話がしたくて」

「あ、あそこへ……、まあ、うちは女手が足りねえからもてなしも出来ねえが、田舎《いなか》芸者ぐれえ呼びますぜ」

「いえ、お気遣い有難《ありがと》うござんすが、これにて」

草鞋を履《は》いて辞儀をすると、権造も強く引き留めることはしなかった。同じ町なら、まだ味方に引き込む手立てもあると思ったのかも知れない。

やがて新九郎は辰巳一家を出て、柏木屋へ行ったのだった。

三

「ああ、嬉しいです。どうぞ、お湯が沸《わ》いておりますので」

紅緒が顔を輝かせて新九郎を迎え、甲斐甲斐《かいがい》しく二階の客間へと案内した。

新九郎が荷を下ろすと、紅緒は浴衣《ゆかた》を出してくれ、彼の洗い物などをまとめて抱えた。

その間に彼は着替え、全裸の上から浴衣を羽織《はお》って帯を締めた。

そんな様子を熱っぽく見ていた紅緒だが、楽しみは寝しなに取っておくように気を取り直し、彼を階下の風呂場へ案内してくれた。

「他のお客はいませんので、どうぞごゆっくり」

紅緒が、手拭《てぬぐ》いと糠袋《ぬかぶくろ》を渡して言い、すぐ去っていった。

新九郎も裸になって風呂場に入り、身体《からだ》を流して久々に湯に浸《つ》かった。そして上がると糠袋で全身を擦《こす》り、もう一度湯船に身を沈めて、遠くから聞こえる祭り囃子を聴いた。

やがて風呂から上がり、浴衣を着て二階に戻ると窓の外は夕焼け。すでに行燈《あんどん》が点《つ》いて夕餉《ゆうげ》の仕度も調い、紅緒が銚子《ちょうし》を差し出してきた。

「では、一本だけ頂戴します」

新九郎は盃《さかずき》に受けながら答えた。

用心棒代わりに逗留するのだから、酔ってしまっては話にならないし、もともと飲む習慣はなかった。

そしてちびちび飲みながら肴《さかな》をつまんでいると、初音が入ってきて三味線を弾いてくれた。どうやら初音も、祭りが終わるまではここの世話になるつもりのようだった。

「いいよ、他へ行かなくていいのか。ここでは大した祝儀もやれないぞ」

「いいんです。だいぶ稼がせてもらいましたから」

言うと初音は笑みを浮かべて答え、ずっと酒と食事の相手をしてくれた。

夕餉を済《す》ませると、もう外はすっかり暗くなっていたが、まだ祭りは続いているようだ。

紅緒は折敷《おしき》を下げ、初音も三味線を袋にしまった。

「邪魔せずに消えるわ。今夜は女将さんに任せるので」

初音が悪戯《いたずら》っぽく笑って言い、部屋を去っていった。すると入れ替わりに紅緒が戻り、床《とこ》を敷《し》き延《の》べてくれた。

「あの、昼間の続きをお願いできますか……」

敷き終えると、紅緒がモジモジと言った。

「ええ、女将さんの仕事が終わったら来て下さいませ」

もちろん新九郎も、淫気を満々にして答えた。

「もうろくに仕事は残っちゃいません。あとは番頭さんが火の用心と戸締まりをするだけ。では私は急いでお湯を使ってきますので、横になってお待ち下さい。でも眠ってしまっては嫌ですよ」

「いや、お湯を使うのは寝しなにして下さい。湯上がりの匂いより、今のままの匂いを知りたいので」

新九郎は、願望を口に出しながら激しく勃起してきた。

「まあ、だって一日中動き回って……」

「どうか、女の匂いに飢《う》えているもので、分かって下さい」

「じゃ……、番頭さんに休むよう言って参りますので……」

「くれぐれも洗ったりしませんように」

「分かりました……」

言うと紅緒は羞恥に頬を染めて答え、すぐ部屋を出て行った。

新九郎は浴衣を脱ぎ、全裸で布団《ふとん》に横になって待つと、紅緒も奉公人たちに言い置くだけで、約束通りすぐに戻ってきてくれた。

「さあ、これで今日の用は終わり。もう誰も二階には来ません」

紅緒が、ピンピンに屹立している一物に目を遣りながら言った。

「女将さんにお願いが」

「どうか、紅緒と。新九郎さんのお願いなら、どんなことでもききます」

紅緒も、忙しげに帯を解きながら答えた。

そして着物を脱ぎ、襦袢《じゆばん》と腰巻まで取り去って一糸まとわぬ姿になった。

「では紅緒さん、ここへ立って」

仰向けのまま顔の脇《わき》を指して言うと、彼女も胸を隠しながら恐る恐る近づいてきた。新九郎は激しい興奮と期待に幹を震わせながら、さらに恥ずかしい願望を口にした。

「では、足を顔に乗せて下さい」

「まあ、どうしてそんなことを……」

言うと紅緒は驚いて声を震わせた。見上げる熟れ肌は透《す》けるように色白で、胸も腰も豊満で実に艶《なま》めかしかった。

「そうされるのが夢だったので、どうにも美しい紅緒さんに」

新九郎は答えながら彼女の足首を摑《つか》み、自分の顔へと引き寄せてしまった。

「あん……」

紅緒は声を洩らし、よろけそうになりながら壁に手を突いて身体を支えた。

彼は顔に美女の足裏を受け止め、感触と温もりに酔いしれた。

「アア……、元お武家の顔を踏むなんて……」

紅緒もガクガクと膝を震わせ、息も絶えだえになって言った。

新九郎は興奮に胸を弾《はず》ませながら踵《きびす》から土踏まずに舌を這わせ、形良く揃った指の間に鼻を割り込ませて嗅いだ。

そこは汗と脂《あぶら》に生ぬるく湿り、蒸れた匂いが濃く沁《し》み付いていた。

彼は美女の足の匂いを貪《むさぼ》り、鼻腔を刺激されながら爪先《つまさき》にしゃぶり付いた。

そして順々に指の股にヌルリと舌を挿し入れて味わった。

「あう……、駄目、そんなこと……」

紅緒は、まるで幼い弟の悪戯でも叱るように言い、それでも拒《こば》むことも忘れて初めての感覚に息を震わせていた。

舐め尽くすと、彼は足を交代させ、そちらも新鮮な味と匂いを貪った。

そして彼女の両足首を摑んで顔に跨がらせた。

「しゃがんで。厠《かわや》のように」

真下から言って手を引くと、紅緒も朦朧となり、尻込みしながらそろそろとしゃがみ込んでくれた。

白い脹《ふく》ら脛《はぎ》と内腿がムッチリと張り詰めて量感を増し、熟れた陰戸が鼻先に迫り、熱気と湿り気が彼の顔中を包み込んできた。

「ああ……、恥ずかしい……」

紅緒が小娘のように両手で顔を覆って言い、彼の目の前で陰戸を息づかせた。

割れ目からはみ出した陰唇が僅《わず》かに開き、中でヌメヌメと潤う柔肉と光沢あるオサネが覗《のぞ》いていた。

昼間一度情交しているので、そのときはさすがに軽く股間を洗ったかも知れない。それでも半日動き回っているので、肌から発する体臭が悩ましく彼の鼻腔をくすぐった。

新九郎は豊満な腰を抱き寄せ、柔らかな茂みに鼻を埋め込んだ。

汗とゆばりの匂いが濃厚に胸に沁み込み、その刺激が心地よく一物に伝わっていった。

彼は胸いっぱいに美女の匂いを嗅ぎながら舌を這わせ、息づく膣口の襞を掻《か》き回し、大きめのオサネまで舐め上げていった。

「アアッ……!」

紅緒が熱く喘ぎ、思わずギュッと座り込みそうになるのを、懸命に両脚を踏ん張って堪《こら》えた。

溢れる淫水はやはり淡い酸味を含み、仰向けなので割れ目に唾液も溜《た》まらず、純粋に分泌《ぶんぴつ》される様子を舌に感じることが出来た。

さらに豊満な尻の真下に潜り込み、顔中にひんやりした双丘を受け止めながら谷間の蕾に鼻を埋め込み、生々しい匂いを貪った。

舌を這わせて襞を濡らし、ヌルッと潜り込ませて襞を舐めると、

「く……、堪忍……！」

紅緒が息を詰めて呻き、キュッと肛門できつく舌先を締め付けてきた。

新九郎が内部で舌を蠢かせると、陰戸から滴《したた》る淫水が鼻先を生ぬるく濡らしてきた。

再び舌をオサネに戻し、ヌメリを掬《すく》い取りながら吸い付くと、

「も、もう駄目……、変になりそう……」

紅緒が嫌々をして言い、力尽きて両膝を突くと、それ以上の刺激を拒むように股間を引き離してきた。そして新九郎も舌を引っ込めると、彼女が顔を一物に寄せ、貪るようにしゃぶり付いた。

「ああ……」

受け身に転じた彼が喘ぐと、紅緒も喉の奥まで呑み込み、上気した頬をすぼめて吸い付きながらスポンと引き抜いた。さらにふぐりに舌を這わせて睾丸を転がし、彼の両脚を浮かせてきたのだ。

「ずるいわ。自分ばっかり綺麗に洗って……」

彼女は詰《なじ》るように言いながら、舌先でチロチロと肛門を舐め回し、自分がされたようにヌルッと潜り込ませてきた。

「く……」

新九郎は妖《あや》しい快感に呻き、モグモグと味わうように肛門で美女の舌先を締め付けた。一物は、まるで内側から刺激されるようにヒクヒクと上下し、鈴口から粘液を滲《にじ》ませた。

彼女は舌を引き抜いて脚を下ろし、再び肉棒をしゃぶり、熱い息を弾ませて舌をからめながら激しく吸い付いてきたのだった。

四

「あうう……、い、入れたい……」

新九郎は絶頂を迫らせて言い、紅緒の手を引っ張った。

「また私が上なのですか……」

彼女は言いながらも、素直に身を起こして前進し、一物に跨がってきた。

唾液に濡れた先端を膣口に押し当て、紅緒は息を詰めてゆっくり腰を沈み込ませていった。

屹立した一物は、ヌルヌルッと肉襞の摩擦を受けて滑らかに根元まで没《ぼっ》した。

「アアッ……！」

紅緒はビクッと顔を仰け反らせ、完全に座り込んで熱く喘いだ。

やはり帳場の隣の部屋と違い、喘ぎ声も大きく反応も激しかった。

新九郎も、股間に美女の重みと温もりを受け止めながら、きつい締め付けに包まれて快感を高めた。

彼女は、豊かな乳房を揺すりながら密着した股間をグリグリと擦りつけ、やがて身を重ねてきた。

新九郎は抱き留めながら顔を上げ、潜り込むようにして白い膨《ふく》らみに顔を埋めていった。意外に初々《ういうい》しい薄桃色の乳首にチュッと吸い付き、顔中に膨らみを感じながら舌で転がした。

「ああ……」

紅緒が喘ぎ、キュッキュッときつく膣内を収縮させて、新たな淫水を漏らしてきた。

充分に舐め回してから、もう片方の乳首も含んで吸うと、ほんのり汗ばんだ胸元や腋《わき》から生ぬるく甘ったるい匂いが漂い、その刺激が胸から一物へと伝わっていった。

左右の乳首を味わい、さらに彼は紅緒の腋の下にも鼻を埋め込み、色っぽい腋毛に鼻を埋め込み、甘ったるく濃厚な汗の匂いで胸を満たした。

「いい匂い」

「アア……、駄目、恥ずかしい……」

嗅ぎながら思わず言うと、紅緒は声を震わせて喘ぎ、さらに膣内の締め付けを強めてきた。噎《む》せ返るような美女の体臭に包まれながら、彼が徐々に股間を突き上げはじめると、

「く……、もっと……！」

紅緒も動きを合わせて呻き、腰を遣いはじめた。

やはり、いったん動くと新九郎も止められないほど勢いがついてしまった。

しかし朝は初音の口に出し、昼に紅緒と交わり、寝しなに仕上げの一回をしているのだから、これほど恵まれた渡世人など他にいないだろう。

彼は両手でしがみつき、紅緒の唇を求めていった。

色っぽく形良い口が開き、熱く湿り気ある息を嗅ぐと、やはり白粉のように甘く悩ましい刺激が含まれていた。夕餉のあとだから、昼過ぎより匂いが濃く鼻腔に引っかかり、新九郎はうっとりと酔いしれながら唇を重ね、舌を挿し入れていった。

「ンン……」

紅緒は熱く鼻を鳴らして舌をからめ、股間をしゃくり上げるように強く動かしてきた。豊かな乳房が彼の胸に押し付けられ、恥毛が擦れ合い、コリコリする恥骨の膨らみまで伝わった。

蜜汁は大洪水になり、動きに合わせてピチャクチャと淫らに湿った摩擦音が響いて、滴る分が彼のふぐりから肛門の方まで伝い流れてきた。

「唾《つば》をもっと……」

囁くと、紅緒も快感に我を忘れて懸命に分泌させ、トロトロと口移しに唾液を注《そそ》ぎ込んでくれた。

新九郎は生温かくトロリとした小泡の多い粘液を味わい、うっとりと喉を潤して酔いしれた。さらに鼻を紅緒の口に押しつけ、甘い息の匂いを嗅ぎながら擦りつけた。

「舐めて……」

言うと彼女も激しく腰を動かしながらヌラヌラと舌を這わせ、顔中を押し付けると、鼻の穴から頬、瞼《まぶた》までネットリとまみれさせてくれた。

「い、いきそう……」

新九郎は、美女の唾液と吐息に酔いしれ、膣内の摩擦に包まれながら降参するように言った。

「わ、私も……、来て……、アアーッ……！」

すると紅緒も声を上ずらせ、一足先に気を遣ってしまった。膣内を収縮させながらガクガクと狂おしく身を揺すり、粗相《そそう》したかと思えるほどの淫水を漏らして悶《もだ》え続けた。

「く……！」

新九郎も、その勢いに巻き込まれて昇り詰め、大きな絶頂の快感に呻いた。

同時にありったけの熱い精汁がドクンドクンと勢いよく内部にほとばしり、奥深い部分を直撃した。

「あう、気持ちいいッ……！」

噴出を感じた紅緒が、駄目押しの快感を得たように呻いてきつく締め上げた。

新九郎は下からしがみつきながら股間を突き上げ、快感の中で心置きなく最後の一滴まで出し尽くしていった。

「ああ……」

すっかり満足しながら声を洩らし、突き上げを止《や》めて身を投げ出した。

すると紅緒も力を抜き、グッタリと彼にもたれかかってきた。

まだ膣内の収縮が続き、過敏になった一物がヒクヒクと中で震えた。

「こ、こんなに良いものを一日に二度も……」

紅緒が、息も絶えだえになりながら囁いた。

新九郎は、熱く甘い吐息を間近に嗅ぎながら、うっとりと快感の余韻を噛み締めた。

彼女も、そろそろと股間を引き離してゴロリと添い寝し、呼吸を整えた。

「もう、お風呂に入ってもいいわね……？」

「ええ」

「じゃ、良ければご一緒に。もうみんな寝ているはずだから」

紅緒が言い、新九郎も一緒に身を起こした。そして浴衣を着ずに抱え、全裸のまま階下の風呂場へと行った。

彼女も残り湯で身体を流して股間を洗い、湯に浸かるとようやくほっとしたようだった。

新九郎も身体を流し、簀《す》の子《こ》に腰を下ろした。そして湯から上がった紅緒を目の前に立たせた。

「ここに足を」

「まあ、何をさせる気です……」

彼女の片方の脚を浮かせ、風呂桶《おけ》のふちに乗せさせると、新九郎は開かれた股間に顔を埋めた。

「ゆばりを出して」

「そ、そんな……」

「どうしても味わってみたいので」

彼が言いながら舌を這わせると、もう湯上がりの恥毛に沁み付いていた匂いは消え去り、それでも新たな淫水が溢れてきた。

「む、無理よ、そんなこと……、あう……、吸わないで……」

紅緒が息を詰めて言いながら、ガクガクと膝を震わせた。吸うと尿意が高まるようで、中の柔肉がヒクヒクと蠢いた。

「アア……、駄目よ、こんなの……」

彼女は言ったものの、とうとう柔肉が迫り出すように盛り上がり、味わいと温もりが変化し、ポタポタと雫《しずく》が滴って来た。

「く……」

慌てて止めようとしたが遅く、たちまち緩やかな流れが新九郎の口に注がれてきた。

彼は夢中で受け止め、淡い味と匂いを堪能《たんのう》しながら喉《せ》に流し込んだ。勢いが増すと口から溢れた分が温かく胸から肌に伝い、回復しはじめた一物を心地よく濡らしていった。

「ああ……」

紅緒は今にも座り込みそうなほど身を震わせて喘ぎ、ゆるゆると放尿を続けていたが、やがて勢いが衰《おとろ》えると、あとは雫が滴るだけとなった。

新九郎も、抵抗なく飲み込めることが嬉しく、残り香の中で舌を挿し入れ、余りの雫をすすって舐め回した。

すると、すぐにも新たな淫水が溢れて舌の動きを滑らかにさせ、淡い酸味が内部に満ちていった。

「も、もう駄目……」

紅緒は足を下ろして言い、そのまま力尽きてクタクタと座り込んでしまった。

新九郎は抱き留め、もう一度、手桶で彼女の身体を流してやった。

「どうしてあんなことを……」

彼女は詰るように言い、朦朧となっていつまでも新九郎の胸に縋り付いていたのだった。

「すっかり勃《た》ってしまったので、出来ればあと一回だけ」

「もう今夜は堪忍。明日起きられなくなってしまうから。でもお口でなら……」

彼が言うと、紅緒が息を弾ませて答えた。

新九郎はそのまま彼女の手を導いて一物を揉《も》んでもらい、唇を重ねて舌をからめ、甘い吐息の刺激と唾液のヌメリに高まっていった。

「ンン……」

紅緒も熱く鼻を鳴らして彼の舌に吸い付き、ニギニギと手のひらで肉棒を愛撫してくれた。

たちまち彼も絶頂を迫らせて身を起こし、風呂桶のふちに腰を下ろして股を開いた。

するると紅緒も座ったまま顔を寄せ、一物にしゃぶり付き、指先でふぐりをくすぐってくれた。新九郎は生温かな唾液にまみれて高まり、彼女の顔を前後させ、濡れた口でスポスポと摩擦してもらった。

「い、いく……！」

急激に昇り詰めて口走り、彼は快感に包まれながらドクドクと勢いよく精汁をほとばしらせた。

「ク……」

紅緒も喉の奥に噴出を受けて呻き、上気した頰をすぼめて全て吸い出してくれた。新九郎は心置きなく最後の一滴まで絞《しぼ》り尽くし、満足しながら肌の硬直を解いていった。

紅緒が、亀頭を含んだまま口に溜まったものをゴクリと飲み干してくれ、さらにスポンと口を離すと、幹をしごきながら鈴口に滲む余りの雫まで丁寧《ていねい》に舐め取ってくれた。

「ああ……、良かった……」

新九郎はヒクヒクと過敏に幹を震わせながら声を洩らし、うっとりと余韻を味わったのだった。

五

「今日、前林藩のご家老が来るらしいわ」

朝餉を済ませた頃、初音が入ってきて新九郎に言った。まだ祭りは数日間続くらしく、今日も祭り囃子が聞こえていた。

「へえ、何しに」

「本陣宿に泊まる人数の打ち合わせでしょう」

「そんなこと、わざわざ家老が」

「それは、自分で来た方がいろいろと手回しが便利だからでしょうね」

初音が可憐《かれん》な顔で言う。

してみると、柏木屋へ来る前に辰巳一家に立ち寄り、何か良からぬ画策でもするのだろうか。もっとも家老一人ということはなく、陸尺《ろくしやく》や警護の者など合わせて全部で十人近いだろう。

「それにしても、よく知ってるな」

「あちこち歩き回ると、色んな話が入ってきますからね」

話していると、何やら股間がムズムズしてきてしまった。

ここのところ女運に恵まれているので、すっかり一物も図々《ずうずう》しくなっているようだ。

それに紅緒からは行列が到着するまで、好き勝手に過ごして良いと言われているのである。

しかし祭り見物に行けば、また辰巳一家の誰かと顔を合わせて面倒だろう。

「少しだけ、構わないか……」

「まあ、朝からだなんて、相当に元気なんですね。朝立ち新九郎と名乗った方が良いんじゃないかしら」

求めると初音が答え、新九郎は苦笑した。

「ゆうべも、女将さんと濃いのをしたのでしょう?」

「女将のことはどうでもいい。初音としたいのだ」

言うと彼女も、畳んだばかりの布団を敷き延べ、妬《や》いているのか少々ふくれっ面《つら》をしながらも帯を解きはじめてくれた。どうせ紅緒も家老が来るなら出迎えの仕度に忙しく、しばらく二階には誰も来ないだろう。

彼が浴衣を脱ぎ去り全裸になると、初音も一糸まとわぬ姿で仰向けになった。

新九郎は、初音の足の方に回って屈み込み、指の股に鼻を押しつけて嗅いだが湿り気も蒸れた匂いもほんの僅かだった。

「あまり匂わない」

「それは、ゆうべお風呂に入って、今日はまだ外を歩いていませんからね。そんなに匂う方が好きなんですか？」

初音が肌を上気させ羞《は》じらいを含みながら言い、彼はすぐにも脚の内側を舐め上げ、股間に顔を迫らせていった。

白くムッチリした内腿を舐め上げ、陰戸を見ると、割れ目からはみ出した花びらが蜜に潤っていた。彼女も、新九郎が淫気を向けると自然に濡れはじめるのかも知れない。

指で陰唇を広げると、やはり大年増の紅緒とは風情《ふぜい》の異なる可憐な柔肉が息づいていた。

生娘《きむすめ》でなくなったばかりの膣口が花弁のように襞を入り組ませ、光沢あるオサネも精一杯ツンと突き立っている。顔を埋め込むと、さすがに若草には汗とゆばりの匂いが生ぬるく籠もり、悩ましい刺激が鼻腔を掻き回して胸に沁み込んでいった。

「に、匂います……？」

あまりに彼がクンクンと嗅ぐので、初音も羞恥に腰をくねらせながら言った。

「ああ、すっかり覚えた初音の匂い」

「は、恥ずかしい……」

初音が答え、キュッと内腿で彼の両頬を挟《はさ》み付けてきた。

新九郎は何度も嗅ぎながら舌を這わせ、淡い酸味のヌメリを貪り、膣口からオサネまで舐め上げていった。

「アアッ……！」

彼女がビクッと顔を仰け反らせて喘ぎ、ヒクヒクと白い下腹を波打たせた。

充分に味と匂いを堪能し、彼女の反応を楽しんでから両脚を浮かせ、形良い尻の谷間に迫っていった。

薄桃色の可憐な蕾に鼻を埋め込むと、秘めやかな微香が可愛《かわい》らしく籠もって鼻腔を刺激してきた。新九郎は匂いを貪ってから舌を這わせ、細かに震える襞を濡らしてからヌルッと潜り込ませた。

「あう……、駄目……」

初音が羞恥と刺激に呻き、キュッと肛門で舌先を締め付けてきた。

新九郎が中で舌を蠢かせると、鼻先にある陰戸からはさらに大量の蜜汁が溢れてきた。

彼は再び割れ目に戻って淫水をすすり、オサネに吸い付いた。

「こ、今度は私が……」

すぐにも気を遣りそうになった初音が言い、彼の手を引いて胸に跨がらせていった。新九郎も前進して乳房に跨がり、前屈みになって先端を可憐な唇に押し付けた。

「ンン……」

初音が熱く鼻を鳴らして亀頭に吸い付き、さらに根元までモグモグと呑み込んでいった。真下からは熱い息が吹き付けられ、新九郎は温かく濡れた口の中で唾液にまみれた一物を震わせた。

彼女も執拗《しつよう》に舌をからめては吸い付き、新九郎も急激に高まってきた。

すると、それを察したように初音がチュパッと口を離したので、彼も戻って股を開かせ、本手《ほんて》（正常位）で先端を押し当てていった。

膣口にゆっくり挿入し、ヌルヌルッとした肉襞の摩擦を味わい、やがて根元まで貫《つらぬ》いて身を重ねた。

「ああ……、いい気持ち……」

初音が深々と受け入れながら喘ぎ、下から両手でしがみついてきた。

新九郎は股間を密着させて温もりと感触を味わい、まだ動かずに屈み込み、薄桃色の乳首に吸い付いていった。

淡く甘い体臭が感じられ、舌の刺激に乳首はコリコリと硬くなってきた。

彼は左右の乳首を交互に舐め、顔中で若々しい膨らみの感触を味わいながら、ようやく腰を突き動かしはじめた。

「アアッ……、もっと……！」

初音も合わせてズンズンと股間を突き上げて喘ぎ、大量の淫水が律動を滑らかにさせた。

互いに股間をぶつけ合うように激しく動きながら、彼は初音の喘ぐ口に鼻を押しつけ、可愛らしく甘酸っぱい息の匂いで鼻腔を満たした。

そして唇を重ねて舌をからめ、唾液と吐息を貪りながら動きを速め、あっという間に昇り詰めてしまった。

「く……！」

突き上がる快感に呻き、熱い大量の精汁を勢いよく注入すると、

「あ、熱いわ……、気持ちいいッ……！」

噴出を感じた初音も、たちまち気を遣ってガクガクと狂おしい痙攣《けいれん》を繰り返した。

新九郎は心ゆくまで快感を味わい、最後の一滴まで出し尽くした。

そのまま満足して力を抜き、初音に身を預けてかぐわしい息を嗅ぎながら、うっとりと快感の余韻を味わったのだった。

第三章　壺振《つぼ》りは刺青《いれずみ》の美女

一

「あの、賭場《とば》へご案内しろと言付《ことづ》かってめえりやしたが」

新九郎が外に出ると、待ち構えていたように与七が来て言った。

結局、新九郎も柏木屋に籠《こ》もっていても仕方がないので、昼過ぎに少し出ることにしたのだ。

まだ前林藩の国家老は来ていない。

「そうか、じゃ少し寄るとするか」

彼は長脇差《ながどす》も持たず、着流しのまま与七の案内で賭場へと行った。さすがに与七も、柏木屋を訪ねるのは敷居が高いらしく、新九郎が出てくるのを待っていたのだろう。

この半年で、新九郎もいくつかの賭場に足を運んでいた。

うんと儲《もう》かりはしないが、胴元《どうもと》も相手の器量を見て、何か用心棒の役にでも立ちそうに思えば僅《わず》かながら勝たせてくれ、いくばくかのしのぎになる。

辰巳屋も八州《はっしゅう》廻《まわ》りの息がかかっているとはいえ、そう大っぴらに出来ないので一家の奥まった場所でひっそりと少人数で行なっていた。

入ると、すでにこの宿場の旦那衆も来ていて、流れ者はいないようだ。

新九郎は片隅に座り、少し様子を見た。

みな気さくな雰囲気なので、誰もが顔見知りのようだ。賭場は、常に行なわれるものを常盆《じょうぼん》。一の日や二の日など決まっている時に開くものを約盆《やくぼん》、臨時で回状を回して行なうのを花会《はなかい》という。

やはり八州廻りに目こぼししてもらっているので、決まった日に行なうのではなく、これは花会のようだ。

壺《つぼ》振りは、実に小粋《こいき》な鉄火肌《てっかはだ》の女である。

四十前か、凄味《すごみ》のある美女で胸に晒《さら》しを巻き、片肌脱いでいるので肩と二の腕に緋桜《ひざくら》の彫り物が見えていた。

紅緒も雰囲気のある女だが、すでに堅気《かたぎ》なので、この壺振りの方が遥《はる》かに海千《うみせん》山千《やません》の迫力が醸《かも》し出されていた。

「江戸から来てもらった、壺振りのお駒姐《こまねえ》さんです」

代貸《だいがし》が言い、やがて駒が壺を開き、

「ピンぞろの丁《ちょう》！」

と凜《りん》とした声で言った。

「では、どうぞ」

代貸が言って、新九郎もコマ札をもらうと盆茣蓙《ぼんござ》に進んだ。

盆茣蓙は、畳が木綿《もめん》の白布で覆《おお》われている。途中から参加する場合は、丁の目が出た時が礼儀とされていた。

「では、入ります」

駒が、新九郎に会釈《えしゃく》して言い、賽子《さいころ》を壺に入れて伏せた。

旦那衆が、コマ札を丁半《はん》いずれかに賭《か》け、新九郎も半に置いて出揃《でそろ》った。

「勝負、グニ（五と二）の半！」

勝った新九郎の前に、コマ札が押し出されてきた。

「シソウ（四三）の半！」

「サブロクの半！」

全て半に賭けていた新九郎の前に、たちまちコマ札の山が出来た。

「いやあ、参りました。今日はこれにて」

旦那衆も言い、充分に遊んだようで、順々に帰っていった。

「半ばかりなのですね」

「半端者なので」

「もうお開きですので、最後に一か八か、全部賭けて差しで勝負しませんか」

駒が、切れ長の目でじっと新九郎を見つめて言う。

ちなみに一か八かという言い回しも、丁半の字の上の部分を一と八に見立てて出来た言葉だ。

全て客が帰り、残るは代貸と駒と新九郎の三人だ。

「よござんすか」

駒が凄味のある笑みを浮かべて言い、壺を伏せた。また新九郎は半だ。

壺を開けると、

「ヨイチ（四一）の半！　私の負けですね。どうです、もう一回」

「勝つまでやって終えるつもりですかい」

「いいえ、本当にあと一回きり。お名前は」

「新九郎。では、お願い致しやす」

言うと、駒ももう一度壺を振って伏せた。新九郎は、あくまで半。

「では開きます。サンゾロ（三三）の丁」

「参りやした」

新九郎は言い、駒もほっと肩の力を抜いて、着物を整えた。

「では代貸、新さんをお借りしますよ。酒に付き合ってもらいます」

「へえ、どうぞ」

代貸が言うと駒は立ち上がり、新九郎も一緒に賭場を出た。

辰巳一家から出ると、駒が振り返って睨《にら》んだ。どうやら与七がついてこようとするのを制したようで、新九郎も見ると肩をすくめた与七がすごすごと引き上げていった。

ふと見ると、辰巳屋の脇《わき》に豪華な乗物が停まっていた。

あるいは、前林藩の国家老が、柏木屋よりも先にこちらへ寄って何か画策しているのかも知れない。

気にはなったが、新九郎には関わりの無いことであり、すぐ彼は駒に従って歩いた。

すると駒は、彼を近くの料亭へ案内した。

顔見知りらしく、すぐ離れに案内されると酒肴《しゅこう》が用意された。隅に布団《ふとん》が畳《たた》まれているので、駒は男ばかりでむさ苦しい辰巳一家ではなく、ここに逗留《とうりゅう》するようだ。

「どうも、新さんは謎《なぞ》のお人のようですね」

駒が笑みを含んで言い、銚子《ちょうし》を差し出してきた。

「どういうことで」

「親分が、何とか姐さんの色香で夕立を味方に出来ないものかって」

「味方も何も、あっしはたまたまここを通りかかっただけで、いつまでもいるつもりはありやせん」

言いながら盃《さかずき》を受け、駒にも注《つ》いでやった。忠治の威光もあるのだろうか、ここへ来てから酒と女に不自由していない。

「そう、まあいいわ。でも親分に言われたからではなく、新さんとしてみたくなったわ。他の男とは、何か違うの」

「そんな、お駒姐さんから見たらただの小僧っ子でしょう」

答えながらも新九郎は、ムクムクと股間が熱くなってきてしまった。鳥追いの初音や女将《おかみ》の紅緒とも、また違って艶《つや》っぽい鉄火肌である。

「私とするのは嫌かしら？」

「嫌じゃありやせん。それに賭けにも負けたので、何でも言いなりに」

「あれは私の負けですよ。一回きりと言ったのに、もう一度求めたのだから」

「いえ、あっしの負けです」

「そう、ならば言うことをきいてもらいましょうか。全部脱《し》いで下さいな」

駒が言い、もう酒肴もそっちのけで、立って布団を敷き延べるなり、自分から帯を解きはじめていった。

帯を落として着物を脱いでいくと、みるみる生ぬるく甘ったるい匂《にお》いが離れに立ち籠め、新九郎も淫気を催《もよお》して脱ぎはじめた。

着物と下帯を取り去り、全裸になって布団に座ると、駒も背を向けてしゃがみ込み、襦袢《じゅばん》を脱ぎ去った。

すると、彫り物の全貌が露《あら》わになった。緋桜は肩や二の腕のみならず白く滑《なめ》らかな背中全体にもちりばめられ、そして中央には、駒に乗って薙刀《なぎなた》を構えた、鎧《よろい》姿の巴御前《ともえごぜん》。

色鮮《あざ》やかで、実に見事な彫り物であった。それは脇腹から腰、尻の半《なか》ばにまで達し、妖《あや》しい色香が匂い立った。

「何と綺麗な……」

「見るのはあとにして。どうにも我慢できないの」

新九郎が言うと、腰巻まで脱ぎ去り、一糸まとわぬ姿になった駒が向き直って言い、彼を布団に仰向《あおむ》けにさせた。

そして大胆にも、彼の顔に跨《また》がり、しゃがみ込んで股間を押しつけてきたのである。

「く……」

新九郎は驚きに呻《うめ》き、鼻に擦《す》りつけられる柔《やわ》らかな恥毛の感触と、生ぬるく濃厚な汗とゆばりの匂いに噎《む》せ返った。

「サアお舐《な》めよ、私がいいと言うまで」

駒がきつい顔つきで見下ろして言い、さらに彼の鼻と口にグリグリと陰戸《ほと》を擦りつけてきた。

もちろん新九郎も嫌ではない。美女の熟《う》れた匂いを貪《むさぼ》り嗅《か》ぎながら、真下から舌を這《は》わせて割れ目内部の柔肉を掻《か》き回した。

すでにトロリとした淡《あわ》い酸味の淫水が溢《あふ》れ出し、舌の動きを滑らかにさせた。

彼は膣口の襞《ひだ》を味わい、コリッとしたオサネまで舐め上げていった。

「アァッ……、いい気持ち、もっと……！」

駒が遠慮なく体重をかけて座り込み、ムッチリした内腿《うちもも》で彼の顔を挟《はさ》み付けながら喘《あえ》いだ。

新九郎もチロチロとオサネを舐め回しては強く吸い付き、溢れる蜜汁をすすって愛撫《あいぶ》しながら、激しく勃起していったのだった。

二

「ああ……、嫌がらないのね。嬉《うれ》しい……」

駒が真下から舐められ、感激したように声を上ずらせて喘いだ。

新九郎も必死に舌を蠢《うごめ》かせ、美女の熟れた味と匂いを貪り続けた。

さらに駒が股間を擦りつけるので、たちまち彼の顔中は淫水でヌルヌルにまみれた。

そして新九郎は充分に陰戸を味わってから、駒の白く豊満な尻の真下に潜《もぐ》り込み、顔中に双丘を受け止めながら、谷間の蕾《つぼみ》に鼻を埋《うず》め込んで、秘めやかな微香を嗅いだ。

生々しい匂いに興奮しながら舌を這わせ、襞《ひだ》を濡《ぬ》らしてヌルッと潜り込ませて滑らかな粘膜も味わってやった。

「あう！　そ、そんなところも……」

駒が驚いたように呻き、キュッと肛門で舌先を締め付けてきた。

最初は意表を突いて顔に跨がり、優位に立ったと思った駒であったが、頼んでもいない恥ずかしい部分を新九郎に舐められ、たちまち主導権は彼に移っていったようだ。

彼は執拗《しつよう》に内部で舌を蠢かせ、充分に味わってから、新たな淫水にまみれた陰戸に戻り、再び舐め回してオサネに吸い付いた。

「も、もう堪忍《かんにん》……！」

気を遣《や》りそうになり、駒は言ってビクッと股間を引き離した。

そのまま横になったので、新九郎も乳首に吸い付き、彼女を仰向けにさせてのしかかっていった。

「アア……」

駒が顔を仰《の》け反《ぞ》らせて喘ぎ、すっかり受け身になって身悶《みもだ》えた。

乳房は、紅緒よりも豊かで、彼は顔中を押し付けながら乳首を舌で転がした。

左右の乳首を舐めると、生ぬるく甘ったるい匂いが濃く漂《ただよ》った。

柔らかな膨《ふく》らみは弾力があり、顔を埋め込んでいるだけで心地よかった。

さらに腋《わき》の下にも鼻を埋め込むと、生ぬるい汗に湿った腋毛の隅々は何とも甘ったるい匂いが濃厚に沁《し》み付き、嗅ぐたびに胸から股間へ悩ましい刺激が伝わっていった。

新九郎は鉄火美女の熟れた体臭を胸いっぱいに嗅いでから、滑らかな肌を舐め降りた。

どこもスベスベの舌触りで、彼は脇腹から張りのある腹部に移動し、形良い臍《へそ》を舐め、白い下腹から腰、ムッチリと量感ある太腿を舌でたどっていった。

足首まで行くと足裏に回り込み、顔を押し付けて舌を這わせ、指の股《また》に籠もる汗と脂《あぶら》に蒸れた匂いを貪った。

そして爪先《つまさき》にしゃぶり付き、順々に指の股に舌を割り込ませると、

「あうう……、信じられない……」

駒がヒクヒクと脚を震わせて呻いた。最初は、いきなり顔に座り込んで怒るかどうか彼の反応を見て、値踏みするつもりだったのだろうが、それ以上に新九郎の愛撫は彼女を驚かせたようだ。

両脚とも、味と匂いが薄れるまで貪り尽くすと、彼は駒をうつ伏せにさせた。

そして踵《きびす》から脹ら脛《ふくはぎ》、汗ばんだヒカガミから太腿、尻の丸みをたどって、彫り物のある腰から背中を舐め上げていった。

あまりに色鮮やかなので、舐めると墨《すみ》が溶けそうな気がしたが、当然ながらそのようなことはなく、滑らかな舌触りと淡い汗の味が感じられた。

背中に描かれた、美しい巴御前の顔を舐めると、

「ああッ……！」

その場所が感じるように、駒がビクリと反応し、顔を伏せて喘いだ。

やはり通り過ぎた男たちは、巴御前の顔や胸、股間のあたりを舐めるだろうから、駒もすっかり感じるようになっているのだろう。

肩まで行ってうなじを舐め、髪の香油を嗅ぎ、耳の裏側の匂いも貪ってから、再び背中を舐め降りた。

脇腹にも寄り道すると、やはり彫り物のある部分と素肌の部分では微妙に感覚が違うように、駒は熟れ肌を震わせて反応していた。

尻に戻り、藍色《あいいろ》の彫り物との境に来ると、やはり肌の白さが際立った。

双丘の膨らみも、舐めるとくすぐったいようにヒクヒクと震えた。

「お願い、嚙《か》んで……」

駒が、顔を伏せたまま言う。

やはり彫り物の時の針の痛みに慣れているのか、くすぐったいよりも痛いぐらいの刺激の方が感じるのかも知れない。

新九郎が尻の肉をくわえ、キュッと歯を食い込ませると、

「あう、もっと強く……！」

彼女が尻をくねらせてせがんだ。

彼も熟れ肌の弾力を感じながら、さして歯形がつかぬ程度に嚙み、左右とも膨らみを味わった。

そして両の親指でグイッと谷間を広げ、再び桃色の蕾を舐め回し、舌をヌルッと押し込んで粘膜を味わった。

「く……、駄目《だめ》、恥《は》ずかしい……」

駒が言い、尻を庇《かば》うようにゴロリと寝返りを打ってきた。

自分から跨がってきたくせに、尻の方は羞恥心《しゅうちしん》が強いようだ。

新九郎は彼女の片方の脚をくぐり、再び股間に顔を寄せ、さっき以上に淫水の溢れている陰戸を舐め回し、あらためて熟れた体臭を貪った。

息づく膣口の襞を掻き回し、淡い酸味のヌメリをすすりながら大きめのオサネまで舐め上げていくと、

「アア……、そこも噛んで……」

駒が言い、大丈夫だろうかと思いながら、新九郎も上の歯で包皮を剝《む》き、完全に露出した突起をそっと前歯で挟んでやった。

「あうう、もっと強く……！」

彼女は白い下腹をヒクヒクと波打たせ、内腿できつく彼の両頰《ほお》を挟み付けながら呻いた。

新九郎もコリコリと前歯で刺激してやり、指を膣口に押し込み、小刻《こきざ》みに内壁を擦《こす》ったり、天井の膨らみを圧迫したりした。

「アッ……、いい、すごく……」

オサネと膣内の愛撫に、駒が顔を仰け反らせて喘いだ。

さらに彼は左手の人差し指まで、唾液に濡れた肛門に浅く潜り込ませ、それぞれの指を前後の穴の中で蠢かせ、なおも舌と歯でオサネを刺激した。

「い、いっちゃう……、堪忍、後生だから……、アアーッ……！」

狂おしく腰を撥《は》ね上げた駒は、声を上ずらせて気を遣ってしまった。

前後の穴は彼の指が痺《しび》れるほどきつく締まり、粗相《そそう》したようにピュッと淫水がほとばしってきた。

「アア……、お願い、もう止《や》めて……！」

あまりに激しい反応を示したので、新九郎も舌を引っ込め、前後の穴からヌルッと指を引き抜いてやった。

「あう……！」

解放されると、駒は呻きながら身を丸くし、股間を庇うように横向きになって四肢を縮めてしまった。

新九郎も身を起こし、膣口に入っていた指を見ると、淫水が白っぽく攪拌《かくはん》されてまつわりつき、指の腹は湯上がりのようにふやけていた。肛門に入っていた指に汚れはないが、微香が付着していた。

そして彼が、横向きになっている駒に添い寝すると、

「ああ……、新さん……」

駒が言って、甘えるように彼の胸に顔を埋め込んできた。

新九郎も腕枕してやり、肌に感じる熱い息と髪の匂いに、勃起した一物をヒクヒク震わせながら彼女の太腿に押し付けた。

「わ、私としたことが、舐められていってしまうなんて……」

駒が朦朧《もうろう》としながら言い、思い出したようにビクッと熟れ肌を震わせた。

そして徐々に自分を取り戻したように、仰向けの彼にのしかかってきて、チュッと乳首に吸い付いてきた。

熱い息が肌をくすぐり、生ぬるく濡れた唇が密着して舌がチロチロと蠢き、さらにキュッと嚙みつかれた。

「く……！」

「ふふ、お返しよ。今度は私の番……」

新九郎が甘美な刺激に呻くと、駒が口を離して囁《ささや》き、再び吸い付いて歯を立ててきた。

お返しと言われても、せがまれたから嚙んだのだ。新九郎は別に頼んでいないが、さすがに愛撫を心得ているらしく、すぐにも彼女の歯の刺激が心地よいものに感じられてきた。

「アア……」

「気持ちいいでしょう。でも安心して、大切なところは嚙まないから」

駒が攻勢に転じて言い、彼の左右の乳首を舌と歯で念入りに愛撫した。

仰向けになって身を投げ出し、美女の愛撫に全てを任せると、駒も彼の胸から腹を舐め降り、大股開きにさせて真ん中に腹這いになってきた。

そして彼女は新九郎の両脚を浮かせ、襁褓《おしめ》でも替えるような体勢にさせてから尻に顔を押し付け、自分がされたようにチロチロと舌を這わせ、ヌルッと肛門に舌を潜り込ませてきたのだった。

三

「あう……、気持ちいい……」

新九郎は妖しい快感に呻き、モグモグと美女の舌先を肛門で締め付けた。

駒も熱い鼻息でふぐりをくすぐりながら、内部でチロチロと舌を蠢かせた。

屹立《きつりつ》した肉棒が内部から操られるようにヒクヒクと上下し、やがて彼女は舌を抜き、新九郎の脚を下ろしてふぐりにしゃぶり付いてきた。

二つの睾丸を舌で転がし、痛くない程度の強さで吸い付き、袋全体を生温かな唾液にまみれさせた。

そして、いよいよ舌先が肉棒の裏側をゆっくり這い上がってきた。

滑らかな舌が裏筋を舐め上げ、先端まで来ると鈴口から滲《にじ》む粘液がペロペロと舐め取られ、そのまま駒は張りつめた亀頭全体をしゃぶり、丸く開いた口でスッポリと呑《の》み込んでいった。

「アア……」

新九郎は快感に喘ぎ、根元まで深々と呑み込まれながら、美女の生温かく濡れた口の中でヒクヒクと幹を震わせた。

「ンン……」

駒も、先端が喉《のど》の奥にヌルッと触れるほど頬張って呻き、熱い鼻息で恥毛をそよがせた。そして付け根を唇で締め付けて吸い付き、内部ではクチュクチュと舌をからませた。

たまに駒は、しゃぶりながらチラと目を上げて新九郎の表情を見た。すっかり主導権を取り戻し、喘ぐ彼の反応に満足げである。

さらに彼女は顔全体を小刻みに上下させ、濡れた口でスポスポと強烈な摩擦《まさつ》を開始した。

「い、いきそう……」

新九郎が降参するように言うと、すぐに駒はスポンと口を引き離した。

やはり、さっき舌と指で気を遣ったが、ちゃんと一つになって果てたいようだった。

「入れて……」

駒が横になって言うので、新九郎も身を起こした。

「では、最初は後ろから」

言うと駒も、素直にうつ伏せになり、尻を高く持ち上げて突き出した。

やはり彼も、見事な彫り物を見ながら挿入したかったのだ。

新九郎は膝《ひざ》を突いて股間を進め、四つん這いになった駒の後ろから先端を膣口に押し付けていった。

感触を味わいながらゆっくり挿入していくと、

「アアッ……！」

駒が巴御前の背中を反らせて喘ぎ、一物はヌルヌルッと肉襞の摩擦を受け、滑らかに根元まで吸い込まれていった。

恐らく、気丈な駒が一物をしゃぶったり、受け身になって男に無防備で恥ずかしい尻を向けるなど滅多にないことではないか。

だから後ろ取り（後背位）で彫り物を眺《なが》められる男は数少ないはずだ。

新九郎は豊満な腰を抱え、締め付けと温《ぬく》もりを味わった。

何と言っても、下腹部に密着して弾《はず》む尻の感触が心地よく、駒も感じているように、巴御前の顔も赤く染まってきたようだ。

様子を探るように小刻みに律動を開始すると、

「あうう……、いい気持ち……！」

駒も尻を振って呻き、味わうようにキュッキュッと締め付けて悶えた。

溢れる淫水が揺れてぶつかるふぐりを濡らし、さらに彼女のムッチリした内腿を伝い流れた。

新九郎は、次第に動きを速めて彼女の背に覆いかぶさり、両脇から回した手で豊かな乳房をわし摑《づか》みにした。

そして巴御前の顔を舐めながら、温もりと感触に酔いしれたが、やはりこのまま果てるのは惜《お》しかった。

彫り物の眺めも良いし、股間に当たる尻の感触も良いのだが、やはり向き合って美女の喘ぐ顔と甘い吐息を味わいたいのだ。

やがて新九郎は動きを止めて身を起こし、駒を横向きにさせた。

彼女も素直に横になると、新九郎は挿入したまま下の脚に跨がった。

さらに駒の上の脚を真上に向かせて両手でしがみつき、松葉くずしの体位で股間を交差させた。

内腿同士も擦れ合って密着感が高まり、彼女も変わった刺激に喘いでいたが、やはり最後は顔を突き合わせたい。新九郎はいったん引き抜いて駒を仰向けにさせた。

そして股を開かせて股間を進ませ、本手《ほんて》（正常位）で深々と挿入していった。ヌルヌルッと一気に根元まで押し込んで身を重ねると、

「アアッ……！」

駒が熱く喘ぎ、下から両手で激しくしがみついてきた。

様々な角度から貫《つらぬ》かれた膣内は、すっかり淫水にまみれて肉襞が収縮し、今度こそ絶頂を目指して一物を深くくわえ込んだ。

新九郎が股間を密着させて温もりと感触を味わうと、彼女は待ちきれないようにズンズンと股間を突き上げてきた。

彼も合わせて腰を遣うと、大量の潤《うるお》いですぐにも動きが滑らかになり、いつしか互いは股間をぶつけ合うように調子を合わせた。

「ああ……、す、すぐいきそう……」

駒が声を上ずらせて喘ぐ。やはり指と舌で気を遣るのと、一つになって迎える絶頂は別物のようだ。

新九郎も律動しながらジワジワと絶頂を迫らせ、彼女の喘ぐ口に鼻を押しつけて熱い息を嗅いだ。紅緒に似た甘い匂いだが、さらに濃厚な白粉花《おしろいばな》のような芳香だった。

それは湿り気を含んで鼻腔《びこう》を刺激し、うっとりと胸を満たした。

喘ぎすぎて乾いた唾液の匂いも混じり、新九郎は熟れた美女の悩ましい匂いを貪り、唇を重ねていった。

舌を挿《さ》し入れて滑らかな歯並びを舐め、引き締まった歯茎まで味わってから中に潜り込ませると、

「ンンッ……」

駒も熱く呻きながら、チュッと強く彼の舌に吸い付いてきた。

新九郎はネットリと舌をからめ、美女の熱く甘い吐息と唾液を貪りながら激しい動きを繰り返していると、

「い、いっちゃう……、気持ちいいわ、アアーッ……！」

駒が口を離して仰け反り、喘ぎながらガクガクと狂おしい痙攣《けいれん》を開始した。

膣内の収縮も高まり、その快楽の渦《うず》に巻き込まれるように、続いて新九郎も昇り詰《つ》めてしまった。

「く……！」

絶頂の快感に呻き、熱い大量の精汁をドクンドクンと勢いよくほとばしらせ、奥深い部分を直撃すると、

「あう、熱いわ、もっと……！」

噴出を感じ、駄目押しの快感を得た駒が呻いて締め付けてきた。

彼も快感を噛み締め、心置きなく最後の一滴まで出し尽《つ》くしていった。

そして満足しながら徐々に動きを弱め、豊満な熟れ肌に遠慮なく体重を預けていくと、

「ああ……、溶《と》けてしまいそう……」

駒も満足げに声を洩《も》らし、熟れ肌の強《こわ》ばりを解いてグッタリと四肢を投げ出していった。

まだ膣内はキュッキュッと名残《なごり》惜しげな収縮を繰り返し、過敏になった一物が刺激されるたびにヒクヒクと内部で跳《は》ね上がった。すると駒も感じすぎるようにキュッときつく締め付けてきた。

「ああ……、良かった。こんなに感じたの、初めてかも知れないわ……」

駒が吐息混じりに言った。

紅緒も似たようなことを言っていたので、あるいは新九郎は、情交の達人ではないのかと自分で思った。もっとも女体の隅々まで舐めて味わうのが根深い願望だったため、要するに女は丁寧《ていねい》な愛撫をされれば、とことん気を遣るものなのかも知れない。

彼は駒の喘ぐ口に鼻を押しつけ、甘い刺激の息を胸いっぱいに嗅ぎながら、うっとりと快感の余韻《よいん》を味わったのだった。

四

「来て。国家老の斉木主膳《さいきしゅぜん》様が来ているわ。こっち」

新九郎が柏木屋へ戻ると、初音が来て言い、彼を奥へ招いた。

一緒に行ってみると、初音は唇に指を立て、忍び足で座敷に入り、襖《ふすま》の陰から隣室の様子を窺《うかが》った。

新九郎もそっと覗《のぞ》いてみると、恰幅《かっぷく》の良い武士と紅緒が対峙《たいじ》していた。

家老の主膳は四十年配、下見に来ただけなので裃《かみしも》は着けず、権造のように太った悪人顔であった。

「こたびは殿の滞在とともに、江戸藩邸の修復に使う御用金も運ぶため、物々しくなるがよろしく頼む」

「あい分かりましてございます。こちらこそ、よろしくお願い致します」

言われて、紅緒が恭《うやうや》しく頭を下げて答えた。

覗いている新九郎は、さらに肩越しに見ている初音の胸の膨らみを背に感じ、甘酸《あまず》っぱい吐息に刺激され、またモヤモヤと股間が疼《うず》いてしまった。

「わしは明日城へ戻り、明後日には殿の一行が来る。名簿はこれにしたためてあるので部屋割りを頼む」

「承知致しました」

紅緒が言うと、主膳は前金を差し出し、彼女も受け取りを書いて渡した。

「ときに、辰巳一家との確執も治まった様子だが、若い衆を警護の手伝いに呼んではどうか」

「お気遣い有難《ありがと》うございますが、当方のみにお任せ頂きとう存じます」

「左様《さよう》か。ではよしなに頼むぞ」

主膳は言って立ち上がり、家来たちの待つ部屋の方へ戻っていき、紅緒も帳場へと去っていった。

新九郎も、初音とともに自分の部屋へ戻った。

「あの家老は、辰巳一家とも懇意なのですよ。何か魂胆《こんたん》が」

「これ、あまり武家のことに首を突っ込むな」

新九郎は、好奇心いっぱいの初音をたしなめた。

「ええ、ただ私は、お世話になってる女将さんに災いがなければ良いなと思ってるだけなんです」

「ああ、確かに、あっしもそれは同じ気持ちだが」

彼は言い、辰巳一家の狙《ねら》いは何かと考えた。

若殿の命、それを奪えば主膳の意に適《かな》い、礼として藩の金がもらえるのかも知れない。

若殿の命も金も、辰巳一家ではない盗賊の仕業とでもし、さらに権造は紅緒も手に入り、本陣宿を構えている柏木屋も乗っ取れる。

間を取り持った忠治も、しばらくは遠国へ逃亡の旅に出ていることだろう。

それで主膳は、辰巳一家に警護を頼もうとしたのではないか。

「それより、祭りも今日までだろう。稼ぎに出なくていいのか」

「ええ、ご一行の宴席に呼ばれているので」

「そうか」

新九郎は言い、夕餉《ゆうげ》まで今しばらく余裕があるのならと、急激に淫気を催してしまった。

「いいか、少しだけ」

手を握って抱き寄せると、初音も素直に身体《からだ》を預けて来た。

「入れるのは堪忍。お座敷が勤まらなくなるので……」

「ああ、じゃ少し舐めるだけ」

新九郎は仰向けになり、彼女の足首を摑んで顔に跨がらせた。

「あん、またこんなことを……」

初音は羞《は》じらいながらも、素直に裾《すそ》をからげて下半身を丸出しにしてしゃがみ込んでくれた。

太腿と脹ら脛がムッチリと張り詰め、今まで裾の内に籠もっていた熱気が顔中を包み込み、可愛《かわい》らしい陰戸が鼻先に迫った。

「アア……、恥ずかしい……」

障子《しようじ》越しに割れ目が西日を受け、初音が激しい羞恥に声を震わせた。

ぷっくりした陰戸からは桃色の花びらがはみ出し、指で広げると花弁状に襞の入り組む膣口がキュッと収縮した。

堪《たま》らずに腰を抱き寄せ、柔らかな若草に鼻を埋め込むと、今日も甘ったるい汗の匂いが可愛らしく籠もり、それに蒸れたゆばりの匂いも悩ましく鼻腔を刺激してきた。

「いい匂い……」

思わず言いながら若い娘の体臭を貪り、舌を這わせていった。

陰唇の表面は汗かゆばりか判然としない味わいがあり、奥へ挿し入れて膣口を掻き回すと、次第に淡い酸味のヌメリが溢れてきた。

そしてチロチロとオサネを舐め回すと、

「あう……、駄目、感じたら力が入らなく……」

初音が呻き、ヒクヒクと下腹を波打たせた。

そして今にも座り込みそうになるのを、彼の顔の左右で懸命に両脚を踏ん張って堪《こら》えた。

いったん溢れると、後から後から蜜汁が泉のように滴《したた》ってきた。

新九郎は初音の尻の真下に潜り込み、顔中にひんやりした白い双丘を受け止めながら、谷間の蕾に鼻を埋めて秘めやかな匂いを貪り、舌を這わせてヌルッと潜り込ませた。

「く……」

初音も息を詰めて呻き、まるで味わうようにモグモグと肛門で舌先を締め付けてきた。彼が中で舌を蠢かせ、滑らかな粘膜を味わうと、

「も、もう堪忍……」

前も後ろも舐められた初音が腰をよじって言い、降参するように股間を引き離してしまった。

新九郎は仰向けのまま彼女の手を引いて添い寝させ、裾をめくり下帯を解いて、露出した一物を握らせた。

そして唇を求めて舌をからめると、

「ンン……」

初音も甘酸っぱい息の匂いを弾ませながら呻き、ニギニギと愛撫してくれた。

彼女の柔らかな手のひらの中で、肉棒はムクムクと最大限に膨張してゆき、新九郎も絶頂を迫らせていった。

「もっと唾《つば》を……」

囁くと初音も懸命に唾液を分泌《ぶんぴつ》させ、生温かくトロリとした、小泡の多い粘液をクチュッと口移しに注《そそ》いでくれた。

新九郎はうっとりと味わい、娘の清らかな唾液で喉を潤した。

さらに初音の口に鼻を押し込むと、彼女もヌラヌラと舌を這わせて鼻の穴を舐め回してくれた。

その間も指の愛撫は続き、張りつめた亀頭と雁首《かりくび》が刺激されて粘液が滲んだ。

新九郎は果実臭の吐息と唾液のヌメリに酔いしれ、もう堪らず彼女の顔を股間へと押しやった。

初音も素直に移動して亀頭にしゃぶり付き、舌をからめながら顔を上下させ、スポスポと強烈な摩擦を開始してくれた。

たちまち肉棒は生温かな唾液にまみれ、股間に初音の熱い息が籠もった。

彼がズンズンと小刻みに股間を突き上げると、初音も合わせて動きを速め、濡れた口で何とも心地よい愛撫を繰り返した。

「い、いく……!」

たちまち新九郎は、大きな快感に突き上げられて口走った。

同時に、ありったけの熱い精汁がドクンドクンと勢いよくほとばしった。

「ク……！」

喉の奥を直撃されて小さく呻き、初音は必死に噴出を受け止めてくれた。

彼も快感に身をよじりながら、心置きなく最後の一滴まで初音の口の中に出し尽くした。

いつものことながら、射精する快感以上に、清らかな口を汚す禁断の思いが快感に拍車を掛けた。

「ああ、良かった……」

新九郎は満足して声を洩らし、硬直を解きながらグッタリと身を投げ出していった。

初音も動きを止め、一物を含んだまま口に溜《た》まった精汁をコクンと飲み下してくれ、彼は締まる口腔に刺激されてピクンと幹を震わせた。

ようやく彼女がチュパッと口を離し、幹をしごきながら鈴口に脹《ふく》らむ余りの雫《しずく》まで丁寧に舐め取ってくれた。

「ああ、もういいよ、有難う……」

新九郎は言い、彼女の手を引いて再び添い寝させた。

そして胸に抱かれ、初音の甘酸っぱい息を間近に嗅ぎながら、うっとりと快感の余韻に浸《ひた》り込んだ。彼女の息に精汁の生臭さは残らず、さっきと同じ可愛らしい果実臭がしていた。

「飲むのは嫌じゃないのか……」

「いいえ、新さんのなら嫌じゃありません」

呼吸を整えて訊《き》くと、初音は彼の顔を胸に抱きながら答えたのだった。

五

「下は、もう大丈夫なのですか？」

紅緒が部屋に入って来たので、寝る仕度《したく》をしていた新九郎は訊いた。

さっきまで、下の座敷で主膳をはじめ供の侍たちが宴会をしていたが、もう静かになっていた。

「ええ、もうみな休みました。初音ちゃんも、もちろん狼藉《ろうぜき》されるようなこともなくお部屋に引き上げましたので」

寝巻姿になった紅緒が、彼の前に座って言った。

まあ主膳たちも、今日は下見と部屋割りの確認だけだし、明朝早く帰藩するので、節度を守った宴会だったらしく、それに二階まで騒がしい声が聞こえるようなこともなかったのだ。

「それで、間もなく大名行列のご一行がお泊まりになりますので、お部屋を替わって頂かねばなりません」

紅緒が済《す》まなそうに言う。

さすがに参勤交代の一行ともなれば、どの部屋も満杯になるから、ここも空けなければならないだろう。

「もちろん、私は居候《いそうろう》のようなものなので、布団部屋でもどこでも」

「とんでもない。帳場の横の、私のお部屋に一緒に寝て頂きます。もっとも初音ちゃんも一緒ですが」

「ええ、構いません」

答えると、紅緒の方から熱っぽい眼差《まなざ》しで彼ににじり寄ってきた。

気疲れもあるだろうが、明日からはもっと忙しくなるので、今のうちに欲求を満たしておきたいようだった。

もちろん新九郎も日に何度もしているのだが、いくらでも淫気が湧《わ》いてきた。

「いいでしょうか。まだ身も清めていないのですが」

「ええ、その方が嬉しいので」

紅緒は、彼が好むと思い入浴前に迫り、もちろん新九郎も喜んで応じた。

「じゃ、脱ぎましょう」

新九郎は言って、自分から帯を解いて浴衣《ゆかた》を脱ぎ去った。

紅緒も手早く帯を解くと立ち上がり、着物を落として襦袢と腰巻まで脱ぎ、たちまち一糸まとわぬ姿になって布団に横たわった。

彼は足の方に屈《かが》み込み、紅緒の足裏を舐め、指の股に鼻を押しつけた。

「あう……、また、そんなことを……」

紅緒が呆《あき》れたように言ったが拒《こば》みはせず、むしろ思いもかけないところから触れられ、ビクリと反応して淫気を高まらせたようだ。

新九郎は、汗と脂に湿ってムレムレになった指の股の匂いを貪り、爪先にしゃぶり付いて指を割り込ませた。

「く……、汚いですから……」

紅緒は遠慮がちに息を詰めて言ったが、すぐにもハアハアと荒い呼吸を繰り返しはじめた。

新九郎は両足とも、全ての指の間を味わい尽くし、脚の内側を舐め上げて両膝の間に顔を進めた。

「アア……！」

大股開きにされ、紅緒が羞恥に喘ぎ、ヒクヒクと白い内腿を震わせた。

彼はムッチリとした内腿を舐め上げ、陰戸に迫った。見ると、割れ目が僅かに開いて熟れた果肉が覗いていた。すでにヌメヌメと大量の蜜汁に潤い、今にもトロリと滴りそうになっていた。

新九郎は、黒々と艶のある茂《しげ》みに鼻を埋め込み、汗とゆばりの匂いで鼻腔を満たしながら舌を挿し入れていった。

淡い酸味のヌメリを感じながら膣口の襞をクチュクチュと掻き回し、光沢あるオサネまで舐め上げていくと、

「ああッ……！」

紅緒がビクッと顔を仰け反らせて喘ぎ、内腿でキュッときつく彼の両頬を挟み付けてきた。階下に何人かの客がいると思うと、さらに興奮と快感が増すようだった。

新九郎も、美女の匂いを貪りながらオサネを吸い、激しく勃起していった。

さらに彼女の両脚を浮かせ、白く豊満な尻の谷間に顔を埋め込んだ。

桃色の蕾には、淡い汗の匂いに混じって秘めやかな微香が蒸れて籠もり、彼は何度も鼻を押しつけて嗅ぎ、やがて舌を這わせていった。

細かに震える襞を舐め、ヌルッと浅く挿し入れただけで、

「ヒッ……」

紅緒が息を呑んで呻き、肛門で舌先を締め付けてきた。

彼は内部で舌を蠢かせてから、脚を下ろして再び陰戸に戻り、さらに量を増した淫水をすすってオサネを舐め回した。

「も、もう駄目……、今度は私が……」

紅緒が気を遣りそうになって口走り、身を起こして新九郎の顔を股間から追い出した。

彼も、もう充分に味と匂いを堪能《たんのう》したので離れ、入れ替わりに布団に仰向けになった。

すると紅緒が彼の股間に陣取って屈み込み、先端にしゃぶり付いてきた。

鈴口から滲む粘液を貪るように舐め取り、張りつめた亀頭をくわえ、スッポリと喉の奥まで呑み込んでいった。

「ああ……」

今度は新九郎が喘ぐ番で、受け身になって股間に熱い息を感じ、美女の唾液にまみれた幹をヒクヒクと震わせた。

紅緒は深々と含んで舌をからめ、上気した頬をすぼめて吸い付いた。

彼も充分に高まると、紅緒の手を引いて前進させた。彼女もスポンと口を引き離すと、もう遠慮なく新九郎の股間に跨がってきた。

唾液に濡れた先端に割れ目を押し付け、息を詰めて位置を定めると、ゆっくり腰を沈み込ませ、ヌルヌルッと受け入れていった。

「ああ……、いい気持ち……」

紅緒が根元まで陰戸に呑み込み、顔を仰け反らせて喘ぎながら完全に座り込んだ。新九郎も、肉襞の摩擦と温もり、きつい締め付けに包まれながら快感を噛み締めた。

彼女は新九郎の胸に両手を突っ張り、身を反らせて密着した股間をグリグリ擦りつけていたが、やがて身を重ねてきた。

新九郎も抱き留め、僅かに両膝を立て、紅緒の白く柔らかな乳房に潜り込んでいった。

乳首に吸い付いて舌で転がすと、

「アア……、いい……」

紅緒が喘いで、さらに彼の顔中に膨らみを押し付けてきた。

新九郎は、心地よい窒息感の中で乳首を愛撫し、隙間《すきま》から呼吸すると噎せ返るように甘ったるい体臭が鼻腔を刺激した。

左右の乳首を交互に含んで舐め回し、さらに彼は美女の腋の下にも鼻を埋め、腋毛に籠もった濃厚な汗の匂いで胸を満たした。

とうとう待ちきれずに、紅緒が腰を遣いはじめ、しゃくり上げるように股間を擦りつけてきた。

コリコリする恥骨の膨らみが痛いほど押し付けられ、やがて彼も下から両手を回してしがみつき、ズンズンと股間を突き上げはじめていった。

すぐにも互いの動きが一致すると、股間をぶつけ合うように激しく動き、溢れる淫水が律動を滑らかにさせた。ピチャクチャと卑猥《ひわい》に湿った摩擦音も響き、溢れたヌメリが彼の肛門にまで伝い流れた。

「い、いきそう……！」

紅緒が熱く喘ぎ、新九郎は下から唇を重ねていった。

「ンンッ……！」

舌を挿し入れてからみつけると、紅緒も熱く鼻を鳴らして吸い付き、白粉のように甘い刺激の息を弾ませた。

新九郎も股間を突き上げながら執拗に舌を蠢かせ、美女の甘い吐息と唾液を心ゆくまで貪った。

そして充分に紅緒の舌を舐めてから、彼女の口に鼻を押し込んで息を嗅ぐと、湿り気ある悩ましい匂いが胸いっぱいに広がった。

「舐めて……」

囁くと紅緒も興奮に任せてヌラヌラと舌を這わせ、彼の鼻の穴を舐め回してくれた。さらに顔中を擦りつけると、紅緒も舐めるというより吐き出した唾液を舌で塗り付けるように、彼の頬から口の周り、瞼《まぶた》まで生温かな唾液にまみれさせてくれた。

「い、いく……！」

もう堪らず、新九郎は口走りながら、大きな絶頂の快感に突き上げられてしまった。同時に、熱い大量の精汁がドクンドクンと勢いよくほとばしり、締まる膣内に満ちていった。

「あう、気持ちいい……、いく……!」

紅緒も噴出を感じた途端に気を遣り、声を上ずらせながらガクガクと狂おしい痙攣と収縮を開始した。

新九郎は肉襞の摩擦の中で快感を嚙み締め、心置きなく最後の一滴まで出し尽くしていった。

「ああ……」

すっかり満足して喘ぎ、突き上げを弱めて身を投げ出していくと、

「も、もう駄目……」

紅緒も力尽きたように言い、グッタリと遠慮なく彼に体重を預けてもたれかかってきた。

まだ膣内が名残惜しげにキュッキュッと締まり、刺激されるたび過敏になった一物が内部でピクンと跳ね上がった。

「も、もう堪忍……」

紅緒も過敏に収縮させながら声を洩らし、荒い息遣いを繰り返した。

新九郎は美女の重みと温もりを受け止め、湿り気ある甘い息を間近に嗅ぎながら、うっとりと快感の余韻を味わったのだった。

「もう、離したくない……」

紅緒が朦朧としながら囁き、またピッタリと唇を重ねてきた。

新九郎も呼吸を整えながら、一瞬ここへ落ち着くことも考えてしまった。しかしすぐに、自分で選んだ流れ者の道を突き進むしかないと思い直したのであった……。

第四章　美貌剣士の熱き蜜汁

一

「間もなく、柏木屋に前林藩の一行が逗留《とうりゆう》なさるはずですが」

権造が、新九郎に言った。

今日も彼は、与七に呼び出されて辰巳一家に顔を出していた。自分でも、どうにもあっちへ行ったりこっちへ来たりしているのを変だとは思うが、今のところ新九郎に害は及んでいない。

「それで、一働きお願い出来ねえものかと思いやしてね」

「いったい何を」

新九郎は、出された茶をすすって訊《き》いた。

「その一行の中に、たいそうな手練《てだ》れが一人いる。藩士の、片岡飛翔《かたおかひしよう》という剣術指南が警護役で、そいつを叩ッ斬ってもらいてえんで」

「そのわけは、どういうものですかい」

「恨《うら》みがあるとだけ。お望みなら所帯を持つ手伝いも致しやす」

五十両。あとは渡世《とせい》の義理で、訊かずにおくんなさい。その一人で
五十両なら、新九郎が持ってきた金だ。つまり忠治との約定は帳消しということなのだろう。

「あっしが柏木屋に草鞋《わらじ》を脱いでいるのは、ご一行が無事に出立するための用心棒でして」

「ええ、それはそれとして、どうか頭の隅んでも入れといておくんなさいまし」

権造が鷹揚《おうよう》に頭を下げ、やがて新九郎は曖昧《あいまい》に頷《うなず》いただけで辞し、柏木屋へ戻ることにした。

すでに早朝、主膳一行は城へと戻っていった。

すると昼過ぎ、まずは前林藩の先鋒が到着した。もう祭りも終わり、宿場は静かになっている。

「新さん、ちょっと」

新九郎は紅緒に呼ばれ、大座敷の末席に座った。

紅緒と、番頭に手代、料理人から奉公人の全てが顔を揃《そろ》えていた。

今は堅気《かたぎ》だが、番頭も手代も、辰巳一家と勢力を二分していた頃からの面々だから根性がありそうな面構《つらがま》えをしている。

座敷の上座正面に、立派な武士と、その配下の数人が座していた。

「これが本陣宿にいる者の全てか」

「左様《さよう》でございます」

紅緒が答えると、正面の武士が立ち上がった。

「前林藩剣術指南、一行の警護役を務める片岡飛翔である！」

飛翔が、良く通る声で言った。

長身で、長い髪を後ろで束ね、濃い眉《まゆ》が吊《つ》り上がった女である。

二十代半《なか》ば、新九郎と同い年ぐらいだ。

警護役が女ということに新九郎も驚いたが、なるほど男のような筋骨をして目が鋭《するど》く、それでいてぞっとするような美貌なので、彼は思わず股間を疼《うず》かせてしまったものだ。

「明日の夕刻、殿の一行が到着する。その前に部屋割りの確認と、奉公人全ての顔を覚えておくことにする。あとで建物周辺の案内も頼む」

さすがに警護役として、念の入ったことだった。

飛翔は、紅緒からもらった書き付けを見ながら、いちいち番頭に手代、他の奉公人の顔と名を確認していった。

「新九郎とは」

「私が以前お世話になった方の紹介で、心細いので居てもらっております」

「用心棒か」

飛翔に言われ、新九郎は目礼した。

「良い、ならば新九郎に周辺を案内してもらおう。では、他の者は持ち場に戻ってよろしい」

飛翔が言い、一同は辞儀をして座敷を出た。

他の配下の者が、紅緒と一緒に各部屋を廻り、泊まる人数を確認に行ったが、新九郎は飛翔に呼ばれて庭に出た。

「用心棒ということなら、一手交えたい」

飛翔が、縁側から配下の者に袋竹刀《ふくろしない》を二振り出させて言った。

「滅相《めっそう》も。お武家様に敵《かな》うものではありません……」

「だが修羅場はくぐっていよう。私はまだ人を斬ったこともない道場剣法に過ぎぬ。実戦の腕を知りたい」

飛翔は言い、得物を手渡してきた。

「へえ、どうしてもということでしたら」

新九郎も受け取り、尻端折《しりっぱしょ》りをして数歩下がった。

庭は乗物を置けるほど広く、灯籠《とうろう》や池もあるが戦いに支障はない。

飛翔は絢爛《けんらん》たる着物に袴《はかま》、脇差《わきざし》を帯びて颯爽《さっそう》と上段に構えた。

新九郎は、やや腰を落とした青眼《せいがん》。

配下の者や、紅緒までが息を呑《の》んで縁側から見守っていた。

「いざ」

飛翔が眉を険《けわ》しくさせて言い、左上段から左足を進めて間合いを詰《つ》めてきた。

と、その時である。

バサバサッ……！

一羽の烏《からす》が飛翔の頭上に舞い降りてきたのである。

「く……！」

一瞬にして、新九郎の胴打ちが彼女の右脇腹《わきばら》に食い込んでいた。烏に気を取られた飛翔の負けである。

「御無礼を。では、これにて」

「ま、待て！」

飛翔が、脇腹を押さえて苦悶《くもん》の表情で言った。

「戦いの折は、他のことに気を取られぬ常の心が肝要。実戦では何が起きるか分からず、勝負は時の運とは、まさにこのことでございましょう」

「た、確かに、鳥を恨んでも仕方ない。戦場なら死んでいた……」

飛翔も、分かったように苦渋の面持ちで答えた。すでに鳥はどこかへ飛び去っていた。

「いや、感服した。では、あらためて案内を頼みたい」

飛翔は潔《いさぎよ》く言うと、得物を返して彼とともに庭を出た。

「新九郎。前にどこかで会ったような気がするが」

「さあ、他人の空似でござんしょう。あっしは片岡様にお目にかかるのは初めてで、女の剣術指南というのも今初めて知りやした」

新九郎は、言いながら建物の周りを巡《めぐ》った。

飛翔も、裏口や塀と松の木など、曲者《くせもの》が侵入しやすい場所を特に心に留めながら歩いた。

「嫁にも行けぬ大女が、男を凌《しの》いでの剣術指南。おかしいだろう」

「いいえ、お美しくて格好良うございます」

言うと、飛翔が怒ったように新九郎を睨《にら》んだ。しかし新九郎も、世辞や冗談を言う顔つきではないので、何も言わず歩いた。

建物と塀の造りを見終わると、飛翔は外へ出て、新九郎と一緒に近所の様子などにも目を通した。

そんな二人を、どこからか与七や辰巳一家の誰かが見ていることだろう。

「こたびは、どうも胸騒ぎがする」

歩きながら飛翔が言う。

「明日、殿と金が到着したら寝ずの番になるが、もし暴漢が襲ってきたら斬り結んで死ぬかも知れぬ」

「…………」

「だから今宵《こよい》、男を知っておきたい」

飛翔の言葉に、新九郎は驚いて彼女を見た。すると飛翔も、頬《ほお》を強《こわ》ばらせて彼を見つめてきた。

「そう、生娘《きむすめ》なのだ。嗤《わら》っても良いぞ」

「いいえ、滅相も。修行一筋だったのでしょうから」

「初物《はつもの》を、お前に捧《ささ》げたい。どうか」

「え……」

言われて、新九郎はまた目を丸くした。

「そんな、藩士のどなたかの方が……」

「思う男は一人も居らぬ。まして、私に一撃を加えたのはお前のみ」

「あれは鳥のおかげで」

「何にせよ、戦場であればお前に命を奪われたのだ。嫌か」

「嫌ではありません」

「では夕餉《ゆうげ》と湯殿を済《す》ませたら、私の部屋に来てほしい」

飛翔が言う。彼女だけは、他の藩士より格上なので一人部屋であった。

「承知しました。初めてなら、どのようにもあっしの好きにさせて頂きます。それでよろしゅうございますか」

「か、構わぬ。負けた以上、何をされても耐《た》える」

「では、夕餉のあとにお伺い致します。湯殿は後回しにしましょう」

「何のつもりか分からぬが、言う通りにしよう」

飛翔も、決意を秘めて重々しく頷き、周囲を一回りしてから二人で柏木屋へと戻ったのだった。

そして藩士も紅緒たちも、一日かけて明日の一行到着の仕度《したく》を行ない、やがて夜になった。

昨夜の主膳一行と違い、酒肴《しゅこう》は出ず質素な夕餉だけで終え、藩士たちは順々に湯を使って各部屋に引き上げ、明日に備えて早寝した。

新九郎は、自分だけ入浴を済ませて、飛翔の部屋に行ったのだった。

二

「ああ、約束を守ってきてくれたか……」

着流し姿になった飛翔が、緊張の面持ちで言い、新九郎を迎え入れた。

室内には床《とこ》が敷き延《の》べられ、男装の美丈夫とはいえ、すでに室内には甘ったるい濃厚な女の匂《にお》いが立ち籠《こ》めていた。

初めての体験を前に、覚悟を決めた飛翔の全身は汗ばんでいるようだ。

「ご決意が変わりないのでしたら、お脱ぎ下さいませ」

「なぜ、湯殿を使う前にしたのか」

「あっしは、ありのままの匂いがしないと燃えないたちでして」

「そんな……」

新九郎が正直に言うと、飛翔が急に羞恥《しゅうち》に襲われたように身じろいだ。

あるいは大部分の武士がそうであるように、単に僅《わず》かにいじって挿入だけという淡泊《たんぱく》な行為を予想していたのかも知れない。

それでも飛翔の決意が揺らぐことはなく、やがて帯を解きはじめた。

明日の役目を、今までの人生の中で最大事と思い、命を落としても良いと思うほど意気込み、その反面、男女の情交を知っておきたいという好奇心も絶大なようだった。

「では、何でも言う通りにする……」

「全て脱いだら、仰向《あおむ》けに」

飛翔が着物を脱ぐと、新九郎も全て脱ぎ去った。

彼女は、男の裸を見る余裕もなく、一糸まとわぬ姿になると布団《ふとん》に仰向けになり、弾《はず》む呼吸を抑えるように両手を胸に当てていた。

新九郎は傍《かたわ》らに座り、彼女の手を握って胸から引き離して見事に引き締まった肢体を見下ろした。

胸の膨《ふく》らみはそれほど豊かではないが、実に張りがあり感じやすそうだった。さすがに肩や二の腕は逞《たくま》しく、腹も筋肉が段々になり、太腿《ふともも》も固く引き締まっていた。

これでは、そこらの細腕の若侍では何人がかりでも敵わないだろう。しかし乳首も乳輪も初々《ういうい》しく淡《あわ》い桜色をし、今の飛翔は目を閉じて心細げに息を震わせていた。

やがて新九郎は屈《かが》み込み、チュッと乳首に吸い付いて舌で転がした。

「く……！」

飛翔が息を詰め、ピクリと微《かす》かに反応して小さく呻《うめ》いた。

過酷な稽古《けいこ》ならお手の物だろうが、微妙な感覚は初めてのようで、微かに震えるような羞恥と戸惑いが何とも可愛《かわい》らしかった。

新九郎は顔中を硬い弾力の膨らみに押し付け、甘ったるく濃厚な汗の匂いを感じながら、もう片方の乳首も含んで舐《な》め回した。

「ああ……、くすぐったい……」

飛翔が、クネクネと少しもじっとしていられずに喘《あえ》ぎ、さらに濃い体臭を揺らめかせた。やはり同じ生娘ながら、初音とは全然違い、男勝りでも所詮《しょせん》は箱入りの武家娘なのだった。

新九郎は反応を見ながら徐々に愛撫《あいぶ》の度合いを強め、左右の乳首を充分に味わい、さらに腕を差し上げて腋《わき》の下に鼻を埋め込んでいった。

和毛《にこげ》は生ぬるく湿り、胸の奥が溶《と》けてしまいそうに甘ったるく濃厚な汗の匂いが鼻腔《びこう》を刺激してきた。

彼は胸いっぱいに美丈夫の体臭を満たし、引き締まった無垢《むく》な肌を舐め降りていった。袋竹刀で打った脇腹は、特に痣《あざ》にもなっていない。

臍《へそ》を舐め、ピンと張り詰めた腹部から下腹、腰から太腿をたどり、滑《なめ》らかな舌触りと汗の味わいを感じながら脚を下降した。

膝小僧《ひざこぞう》をそっと嚙《か》むと、

「あう……」

飛翔が小さく声を洩《も》らし、ピクリと反応したが、されるままじっと身を投げ出していた。

脛《すね》は野趣溢《あふ》れる体毛が艶《なま》めかしく、愛《め》でるように舐めて頰ずりしてから足首まで下り、実に大きく逞しい足裏に回り込んで顔を押し付けた。

硬い踵《きびす》を舐め、太くしっかりしている足指の間にも鼻を割り込ませて嗅《か》ぐと、そこはやはり汗と脂《あぶら》にジットリ湿り、蒸れた匂いが濃く沁《し》み付いていた。

新九郎は充分に嗅いでから爪先《つまさき》にしゃぶり付き、硬い爪をそっと噛み、全ての指の股《また》に舌を挿《さ》し入れて味わった。

「アアッ……、な、何をする……」

飛翔が驚いたように言ったが、拒《こば》む力も抜けているようだ。

新九郎はしゃぶり尽くすと、もう片方の足裏と指の間も貪《むさぼ》って、味と匂いを堪能《たんのう》した。

そして飛翔をうつ伏せにさせると、彼女も素直に寝返りを打った。

踵から脹《ふく》ら脛《はぎ》を舐め、ときにキュッと歯を立てて刺激し、汗ばんだヒカガミから太腿を舐め上げた。

形良く引き締まった尻の丸みを舌でたどり、腰から背中を舐めると、さらに濃い汗の味が感じられた。

束ねられた長い黒髪に顔を埋めても、やはり甘い汗の匂いが籠もり、背中や肩はかなり感じるようで、何度もビクッと肌を震わせ、彼女は顔を伏せたまま息を詰めていた。

彼はうなじから耳の裏側まで舐めたり嗅いだりし、やがて再び背中を這《は》い下りて尻まで戻ってきた。

うつ伏せのまま股を開かせて真ん中に腹這い、新九郎は尻に顔を寄せて指で谷間をムッチリと広げた。

やはり可憐《かれん》な薄桃色をした蕾《つぼみ》がキュッと閉じられ、細かな襞《ひだ》を震わせた。

藩士たちから恐れられている飛翔のここまで見たのは、彼が初めてであろう。

新九郎は鼻を埋め込み、蕾に籠もった生々しく秘めやかな匂いで鼻腔を刺激され、舌を這わせていった。

襞を濡らし、舌先をヌルッと押し込んで粘膜を探ると、

「く……、駄目《だめ》……」

飛翔が、急に女らしくなったように息を詰めて言った。そして肛門でキュッと舌先を締め付け、形良い尻をクネクネと動かした。

彼は顔中を双丘に押し付けながら、内部で舌を蠢《うごめ》かせて心ゆくまで味わった。

ようやく舌を引き抜いて顔を上げると、再び飛翔を仰向けに戻した。

片方の脚をくぐり抜け、開かれた股間に顔を寄せると、割れ目から溢れた淫水が、内腿との間に糸を引いていた。

彼女は、驚くほど大量の蜜汁を漏《も》らしていたのである。

新九郎は、滑らかな内腿を舐め上げ、熱気と湿り気の籠もる陰戸《ほと》に迫った。

丘の茂《しげ》みは、意外なほど薄く、薄墨《うすずみ》が淡く煙《けむ》っている感じだった。

割れ目からはみ出した陰唇を指で広げると、中は綺麗な桃色の柔肉がヌメヌメと潤《うるお》い、無垢な膣口が襞を入り組ませて息づいていた。

ポツンとした尿口の小穴もはっきり見え、包皮を押し上げるように突き立ったオサネは、親指の先ほどもある大きなものだった。

もう堪《たま》らず、新九郎は飛翔の股間に顔を埋め、柔《やわ》らかな恥毛に鼻を擦《す》りつけて舌を這わせていった。

茂みには、汗とゆばりの混じった匂いが濃厚に沁み付き、柔肉は淡い酸味のヌメリに満ちていた。

新九郎は美人武芸者の濃い匂いを貪り、舌を挿し入れて無垢な膣口をクチュクチュと掻《か》き回し、大きなオサネまで舐め上げていった。

「アアッ……！」

飛翔がビクッと顔を仰《の》け反《ぞ》らせて喘ぎ、内腿でキュッときつく彼の両頰を挟《はさ》み付けてきた。

彼はもがく腰を抱え込んで押さえながら、突き立ったオサネに吸い付いて小刻《こきざ》みに舌先で弾《はじ》き、新たに溢れる淫水をすすった。

「あうう……、き、気持ちいい……、だが嫌ではないのか、そのようなところを舐めるなど……」

飛翔が朦朧《もうろう》としていったが、新九郎は答える代わりにオサネを吸い、指を挿し入れて生娘の膣内を小刻みに摩擦《まさつ》した。

「ああ……、へ、変になりそう……、どうか、一つに……」

彼女も充分に高まったようで、無意識に交接をせがんできた。

新九郎も頃合いと見て、というより自身が待ちきれなくなったので、舌を引っ込めて身を起こした。

飛翔を大股開きにさせ、その真ん中に股間を進め、急角度にそそり立った幹に指を添えて下向きにし、先端を濡《ぬ》れた割れ目に押し付けた。

彼女も覚悟を決めて長い睫毛《まつげ》を伏せ、緊張に頬を強ばらせていた。

新九郎はグイッと亀頭を潜《もぐ》り込ませ、無垢な膣口に深々と貫《つらぬ》いた。

「く……！」

飛翔が微かに眉をひそめて呻いたが、何しろ潤いが充分なので、肉棒はヌルヌルッと滑らかに根元まで呑み込まれた。

彼は股間を密着させると、脚を伸ばして身を重ねていった。

中は燃えるように熱く、キュッときつく締め付けられ、肉襞の摩擦もヌメリも実に心地よく一物を包み込んだ。

動かなくても、息づくような収縮が繰り返され、新九郎は胸で乳房を押しつぶし、大柄な美女に体重を預けて温《ぬく》もりと感触を味わった。

三

「痛いですか」

「いや……、奥が熱くて、何と心地よい……。どうか、存分に突いて……」

新九郎が気遣って囁《ささや》くと、飛翔が初めての感触を嚙み締めながら答えた。

やはり日頃から激しい稽古に明け暮れているので、痛いことには慣れているのだろう。

この分では、初音と同じように初回から気を遣《や》りそうだった。

新九郎は様子を見ながら、小刻みに律動を開始した。

「アア……」

飛翔が熱く喘ぎ、応えるように締め付けてきた。新たな淫水も溢れて動きが滑らかになり、彼女も破瓜《はか》の痛みよりも男と一つになった充足感の方が大きいようだ。

新九郎は彼女の白い首筋を舐め上げ、喘ぐ唇に迫った。口が開かれ、白く頑丈そうな歯並びが覗《のぞ》き、間からは火のように熱い息が洩れていた。

鼻を押しつけて嗅ぐと、飛翔の息は花粉のように甘い刺激を含んで、彼の鼻腔を悩ましく湿らせてきた。

剣の腕で恐れられている彼女は、自分の匂いが女としてしっかり男を惑わす成分を含んでいることに気づいていないようだ。

新九郎は甘い吐息を胸いっぱいに嗅いでから唇を重ね、舌を挿し入れてキッシリと隙間《すきま》なく並んだ前歯を舐めた。すると飛翔も舌を触れ合わせ、チロチロとからみつけてきた。

さらに奥へ潜り込ませると、

「ンンッ……」

飛翔が熱く鼻を鳴らし、彼の舌にチュッと吸い付いてきた。いつしか彼女も下から両手を回し、激しくしがみついてきていた。

新九郎も彼女の唾液と吐息を吸収して酔いしれ、次第に動きを速めていった。

すると飛翔もズンズンと股間を突き上げ、何とも強烈な摩擦を繰り返してくれたのである。

「い、いく……！」

たちまち限界に達し、新九郎は大きな快感に口走りながら、とうとう昇り詰めてしまった。同時に、ありったけの熱い精汁をドクンドクンと勢いよく柔肉の奥にほとばしらせると、

「ああ……、熱い、感じる……！」

飛翔も噴出を受け止めながら喘ぎ、まるで気を遣ったようにキュッキュッときつく内部を収縮させて悶《もだ》えた。

新九郎は快感に任せ、股間をぶつけるように激しく突き動かしながら快感を嚙み締め、心置きなく最後の一滴まで出し尽くしていった。

そして、すっかり満足しながら動きを弱め、力を抜いて飛翔にもたれかかっていくと、

「アア……、とうとう、してしまった……」

彼女も感慨深げに言い、グッタリと肌の強ばりを解いたのだった。

まだ息づくような収縮の繰り返される膣内で、新九郎自身はヒクヒクと過敏に幹を震わせ、飛翔の吐き出す甘い刺激の息を嗅ぎながら、うっとりと余韻《よいん》を噛み締めた。

ようやく呼吸を整えて一物を引き抜き、ゴロリと添い寝すると、飛翔が痛みも感じないようにすぐ身を起こしてきた。

「これが入ったのか……」

新九郎の股間に屈み込んで言い、熱い視線と息を注《そそ》いできた。

淫水と精汁にまみれ、肉棒は満足げに萎《な》えかけているが、飛翔がそっと触れてきたのだ。

まずは陰嚢を大きな手のひらに包み込み、指先で付け根をそっと揉《も》んだ。

「なるほど、玉が二つ。急所なので強くはしない」

飛翔は言い、確認するだけにとどめて手を離した。今度は幹をつまみ、ニギニギと動かすと、一物はすぐにも反応してきた。

「硬くなってきた。また淫気を催《もよお》したのか」

「女の人にいじられれば、すぐにも大きくなります……」

新九郎は、飛翔の手のひらの中でムクムクと元の大きさになりながら答えた。

「精汁を飲んでみたい。お前の強さがもらえるかも……」

「では、どうか優しくしゃぶって下さいませ。こっちを跨《また》いで……」

飛翔が大胆に言うので、彼もすっかりもう一回射精する気になって応え、彼女の下半身を顔に引き寄せた。

すると彼女も素直に新九郎の顔に跨がり、女上位の二つ《ふた》巴《どもえ》の体勢になって屈み込んできた。

彼が真下から陰戸を見上げると、特に出血はしていなかった。新九郎は手を伸ばして懐紙を取り、膣口から逆流する精汁を拭《ぬぐ》ってやり、あらためてオサネに吸い付いた。

すると飛翔も、完全に元のように張りつめた亀頭にしゃぶり付き、熱い鼻息でふぐりをくすぐりながら舌をからめてきた。

長い舌が滑らかに亀頭に這い、幹にもからみついてくると、新九郎も快感を高めてオサネを吸い、伸び上がって尻の谷間も舐めた。

「く……、駄目、新九郎。舐めないで。気が散る……」

と、飛翔がチュパッと口を離して言うなり、またすぐにしゃぶり付いた。

やはり舐められていると、行為に集中できないのだろう。

仕方なく新九郎は舌を引っ込め、生娘でなくなったばかりの陰戸を見上げるだけにした。

「ンン……」

彼女は喉《のど》の奥まで肉棒を呑み込み、幹を丸く締め付けて吸いながら、小刻みにスポスポと摩擦しはじめた。

「ああ、気持ちいい……」

新九郎も急激に絶頂を迫らせて喘ぎ、ズンズンと股間を突き上げた。

飛翔も巧《たく》みに歯を当てぬよう気遣いながら、唾液に濡れた唇で雁首《かりくび》を擦《こす》り、執《しつ》拗《よう》に舌先で鈴口を舐め回してくれた。

たちまち彼は、二度目の絶頂を迎え、大きな快感に全身を貫かれてしまったのだった。

「い、いく……！」

突き上がる快感に口走り、熱い精汁をドクドクと勢いよくほとばしらせ、恐い美女の喉の奥を直撃した。

「ク……、ンン……」

飛翔も噴出を受け止めて鼻を鳴らし、全て吸い出してくれた。

いつものことながら、美女の口に射精するのは申し訳ない快感があった。しかも武家女の口は初めてである。

新九郎は最後の一滴まで出し尽くし、心ゆくまで快感を味わってからグッタリと力を抜いて身を投げ出した。

飛翔も、もう出ないと知ると亀頭を含んだまま口に溜《た》まった精汁をゴクリと一息に飲み下した。まるで連動するように、彼の目の前にある陰戸と肛門もキュッと締まった。

そして新九郎は締まる口腔に刺激されて幹を震わせ、さらにしゃぶられて過敏に腰をくねらせた。

「も、もう、どうか……」

彼が降参するように言うと、ようやく飛翔も口を離し、濡れた鈴口を丁寧《ていねい》に舐め回してくれた。その刺激に、またヒクヒクと幹が脈打った。

「出した直後は、相当に感じやすいのか」

「え、ええ……、少しの間は、触れられるのをうるさく感じます……」

「左様か」

飛翔も、ようやく彼の顔から股間を引き離し、懐紙で割れ目を拭った。しゃぶっている間も興奮が高まり、陰戸は新たな蜜汁にまみれていたのだ。

「新九郎。私は女としてどうだった」

飛翔が、宿の浴衣《ゆかた》を羽織《はお》りながら訊いてきた。

「は、感じやすく素晴らしい身体《からだ》と思います」

「そうか、ならば嬉《うれ》しい。お前は二回も気を遣ってくれたのだからな、私も、もう明日死んでも悔いはない」

飛翔は言って立ち上がり、階下の風呂へ行くようだった。新九郎も一緒に出て自分の部屋へと戻った……。

四

「ああ、緊張してきたわ……」

紅緒が、朝から大童《おおわらわ》で一行を迎える準備をして言った。

本陣宿を構えてずいぶんになるが、十万石もの大藩を迎えるのは初めてのようだった。

厨《くりや》では何度も飯を炊《た》き、仕出しの料理もひっきりなしに届いていた。

手が足りないので、新九郎も風呂掃除をして水を入れ替え、初音まで各部屋の掃除をして手伝っていた。

男を知った飛翔は、さらに颯爽と藩士たちを采配《さいはい》して警護を固め、何人かは次の宿場まで迎えに行った。

「ね、ちょっといいかしら」

紅緒が言い、新九郎が晒《さら》しと下帯姿になり湯殿で簀《す》の子《こ》を洗っているところへ入ってきた。

「新さんのが飲みたいわ。落ち着かせて……」

「心配せずとも、大丈夫ですよ。あっしも初音も居るし、片岡様も命がけで警護してますから」

「ええ、でもお願い」

紅緒が、立ったまま新九郎を壁際まで追い込んで、彼の裾《すそ》をめくってきた。

もちろん彼も、下帯の脇から出した一物を揉まれ、すぐにもムクムクと勃起していった。

「先にゆばりを出せば、すこしは落ち着くでしょう」

「そういえば、厠《かわや》へ行く余裕もなかったわ……」

「どうぞ。心置きなく」

新九郎は洗ったばかりの簀の子に仰向けになり、紅緒を顔に跨がらせた。

「アア……、恥ずかしいわ……」

彼女も素直にしゃがみ込み、新九郎の鼻先に熟《う》れた陰戸を迫らせて言った。

下から茂みに鼻を埋め込むと、さすがに緊張によるものか甘ったるい汗の匂いが実に濃く沁み付き、嗅ぐたびに彼の鼻腔を刺激してきた。

舌を這わせると、すぐにも淡い酸味のヌメリがトロトロと溢れ、それに混じってポタポタとゆばりの雫《しずく》が滴《したた》ってきた。

「あうう……、殿様が入るお風呂場でこんなことするなんて……」

紅緒は息を詰めて言いながら、やがてチョロチョロとゆばりを放った。

新九郎は、美女の出す温かな泉を口に受け、噎《む》せないよう気をつけながら夢中で喉に流し込んだ。

やはり緊張で、味と匂いがやや濃いが、その刺激が悩ましく胸に沁み込んだ。

「く……」

紅緒は息を詰めて急いで絞《しぼ》り尽くし、新九郎も味わい尽くしてから割れ目を舌で拭った。

「も、もう駄目……、わけが分からなくなりそうだから……」

紅緒は言って、快感を振り切るようにすぐに身を起こした。

そして再び新九郎の一物を握って揉み、彼も風呂桶《おけ》のふちに腰を下ろして最大限に勃起させた。

「先に口吸いを……」

彼は言って、一物を愛撫してもらいながら紅緒の唇を求めた。

彼女もすぐに舌をからめ、熱く甘い息を弾ませた。息の匂いもいつになく白粉《おしろい》臭が濃くなり、新九郎は悩ましく鼻腔を刺激された。

そして唾液と吐息に酔いしれながら、やがて絶頂が迫ると舌を引っ込めた。

紅緒も心得てしゃがみ込み、張りつめた亀頭にしゃぶり付き、熱い息を股間に籠もらせて舌をからめてきた。

「ああ、いい……」

新九郎が高まって喘ぐと、紅緒も顔を前後させ、濡れた口でスポスポと強烈に摩擦してくれた。

「い、いく……、アアッ……!」

彼はたちまち昇り詰め、快感に喘ぎながら、ありったけの熱い精汁をドクドクと勢いよく紅緒の口の中にほとばしらせてしまった。

「ンン……」

噴出を受け止めながら、紅緒も熱く呻き、喉を鳴らして飲み込みながら最後の一滴まで吸い出してくれた。

「ああ……、も、もう……」

出し尽くして降参するように声を絞り出すと、ようやく紅緒も吸引を止め、スポンと口を引き離して濡れた鈴口を舐め回してくれた。その刺激に幹を震わせ、新九郎は一物を引き離した。

「気持ち良かった?」

紅緒も素直に口を離すと、淫《みだ》らに舌なめずりしながら彼を見上げて訊いた。

「ええ、すごく……」

「私も元気がもらえたわ。ご一行がお発《た》ちになったら、またゆっくり抱いて」

彼女は言うと、裾を直してそそくさと湯殿を出て、厨の方へ戻っていった。

新九郎も、しばらく座ったまま余韻の中で呼吸を整え、紅緒の残り香の中で掃除を再開したのだった。

格子から外の通りを見ると、やはり与七がうろうろし、新九郎が出てくるのを待っている風情《ふぜい》である。

しかし今日ばかりは、辰巳一家と関わっている余裕はない。

(何か起きるとしたら、今夜半か……)

新九郎は思い、簀の子を洗い終えて湯殿を出たのだった。

やがて皆で交代で軽く昼餉《ひるげ》を取り、午後も仕度に取りかかった。そして日が傾《かたむ》く頃、行列が到着した。

先陣が来て、飛翔をはじめ全員が出迎え、十万石の藩主、二十代半ばになる前林高明《たかあき》の乗った乗物が中庭に到着した。

病弱ということだったが、自分で降りると立って歩き、玄関から本陣に入ってきた。

紅緒や奉公人一同が大座敷で出迎え、恭《うやうや》しく挨拶《あいさつ》するのを新九郎と初音は隅の方から窺《うかが》っていた。

階段もきついだろうからと、高明の部屋は奥座敷。その周囲に飛翔をはじめとする警護の面々が陣取った。

そして支度金の二千両も、その近くの座敷に置かれた。

家来衆はさらに余った部屋や二階に振り分けられ、担ぎ手の陸尺《ろくしゃく》や小者たちは近くの旅籠《はたご》に分宿となった。

高明をはじめ順々に湯殿を使い、やがて早めの夕餉となったが、さすがに高明の善政と飛翔の尽力により、みな礼儀正しく統率が取れていた。まあ、主君のみならず二千両も一緒だから酒は出ず、その分だけ紅緒にとっては楽な仕事だったのではないか。

そして明朝には、一行も江戸へ向かって出立してしまうのである。

日が傾く頃に夕餉が済《す》むと、あとは紅緒たちも明朝の朝餉の仕事を残すのみとなった。

だが紅緒も、今宵何かが起きると胸騒ぎを感じているだろう。

辰巳一家がどう動くか。主膳との取り決めで、高明の殺害という大胆な所行に及ぶだろうか。

その礼金が二千両なら、権造も躍起《やっき》になるに違いないが、それほどの藩の損失を画策するとは、国家老の主膳も相当な不忠者である。

そして辰巳一家は、柏木屋の不祥事をネタに乗っ取ろうと計画し、それを八《はっ》州廻《しゅうまわ》りも後押ししている節があるのだ。

それほど大がかりな画策も、とにかく新九郎と飛翔で、高明と金を守れば済むことである。

まだ西空は赤く燃えているが、高明は早めに休んだようだ。

もちろん藩士で横になる者はいない。みな寝ずの警備をし、飛翔の采配通り邸内に隈無《くまな》く配置された。飛翔は、高明が休んでいる奥座敷の手前の部屋。新九郎は、藩士たちの邪魔にならぬよう庭のあちこちを歩いた。

と、その時である。

いきなり半鐘が聞こえてきて、外の通りを野次馬たちが行き来しはじめた。

「火事か……」

警護の藩士たちも伸び上がり、喧騒の方を見ると確かに夕闇の空が明るくなりきな臭い匂いが漂《ただよ》ってきた。

「罠《わな》かも知れやせん。どうか持ち場はそのままに」

「分かっておるわ、下郎!」

新九郎が言うと藩士たちが怒鳴《どな》りつけ、やがて二階に上がった者が窓から火の手を見た。

「火はすぐ裏手! 勝手口に火が移る。すぐ水を!」

二階から言われると、藩士たちの半数も井戸端へ行って順々に水を汲《く》んでは屋根や塀に浴びせはじめた。

さらに町火消しも駆けつけてきた。

「御免なすって。お手伝い致しやす！」

法被《はっぴ》姿の火事装束が一団となって、門からなだれ込んできた。

顔を隠しているが、辰巳一家に違いない。

「待て。中へ入れるな！」

新九郎は叫び、手近な男に組み付くと頭巾を剝《は》がして投げつけた。

やはり、見覚えのある一家の一人である。

しかし連中は手に手に火消し道具を持ち、とうとう牙《きば》を剝《む》いて家を取り壊す鳶《とび》口《ぐち》で新九郎や藩士たちに襲いかかってきたのである。

「出会えッ！」

一人が奥へ言うと、邸内にいた武士たちも押《お》っ取《と》り刀で飛び出してきて、紅緒たち柏木屋の奉公人たちは火消しに専念した。

しかし、そのとき急に冷たい風が巻き起こり、間もなく大粒の雨が降りはじめてきたのである。

夕立にはやや遅いが、これで火の手はだいぶ遮《さえぎ》られる降りになった。

飛翔も、主君の警護と金の番を他の藩士に任せて外に出てきた。

そして飛翔は抜刀し、新九郎とともに、抵抗する火消したちに強《したた》かな峰打《みねう》ちを食らわせていった。

すでに備えは万全だった藩士たちは実に攻勢で、たちまち辰巳一家の連中は地に転がり、騒ぎも終息したかに見えた。

そこへ、門前に馬で現れた男がいた。

五

「八州廻り番頭《ばんがしら》、沢村頼母《さわむらたのも》見参！　前林藩ご家中の方々大事ございませぬか！」

土砂降りの中で四十年配の武士が言い、後ろには捕り方の面々も従えていた。

そして倒れて苦悶している連中を、次々に縛《しば》って引き立てていった。

「警護役、片岡飛翔！　当藩に大事ござらん！　小火《ぼや》はいかがか！」

「無事に消えました！」

飛翔が怒鳴ると、裏口から回ってきた紅緒が答えた。すると、激しかった降りが嘘《うそ》のように弱まり、やがて雲が切れて月が顔を見せたではないか。

さらに縁側には、高明も寝巻姿で姿を現し、事の次第をあらためようとして座した。

「元凶はこの者、辰巳権造が前林藩の支度金を狙《ねら》っての悪事！」

馬から下りた沢村頼母が、すでに捕らえていたらしい権造を前に引っ立てて言った。

「そ、そんな、話が違う……」

権造は膝を突かされ、青ざめて訴えかけた。

と、そこへ縛られていた与七も、頭巾をかなぐり捨てて声を上げた。

「俺たちは、親分ばかりじゃなく斉木様の言いつけで」

「黙れ！」

与七が言おうとするなり、頼母が抜刀して斬り捨ててしまった。

「何をする！　与七！」

新九郎は怒鳴って駆け寄ったが、もう与七は袈裟《けさ》に斬られて虫の息だ。

「き、きったねえ……、俺たちよりも、武士って奴は……」

与七はそう言い、がっくりと事切れてしまった。

「おい権造。申し開きがあるならお白洲《しらす》で言うんだ！」

頼母が言うと、権造は苦し紛《まぎ》れに声を張り上げた。

「そうか、辰巳一家を潰して手柄にするため、あんたも斉木様とつるんでいたってわけか、ぐわッ！」

権造も途中で、頼母の切っ先を胸に深々と受けて呻いた。

「なぜ殺す。白洲で取り調べするのが筋であろう！」

飛翔も激昂《げっこう》して言い、与七の亡骸《なきがら》から身を起こした新九郎と並んで頼母に詰め寄った。

「これが八州廻りのやり方です。勘定奉行様から全ての権限が委《ゆだ》ねられている。それより新九郎とやら。お前も権造の命で、辰巳一家の片棒を担いでいることは調べがついておる。こいつを縛れ！」

頼母が言うと、捕り方が新九郎を囲んで縄を掛けようとした。

と、その時である。

カアー……！

と、夜鳥が鳴いてバサバサと捕り方の頭上で羽ばたいた。

「うわ……！」

捕り方が怯《ひる》むと、シャランと三味線《しやみせん》の音が響いた。

音の方を見ると、鳥追いの初音が塀の上で月光を背に立ち、その鳥追い笠《がさ》の上に鳥が降り立った。

「な、何者……！」

「前林藩お庭番、初音。その方は高明様の弟君、新吾《しんご》様にあらせられるぞ」

頼母に凜然《りんぜん》と答えた初音が、塀から音も無く飛び降り、笠に鳥を止まらせたまま新九郎の方へ来た。

「新吾様。佐枝《さえ》様の命にて、ずっとお守りしておりました」

「は、母上の……？」

言ったのは、縁側の高明である。

「確かに、母からは双子の弟がいると聞いていたが、そちがそうか。近《ちこ》う！」

「滅相も……、あっしはただの渡世人《とせいにん》でして」

新九郎が答えると、あまりのことに飛翔が立ちすくんでいた。前に会ったような気がしたのは、高明に瓜二《うりふた》つだったからだ。もっとも髷《まげ》も衣装も立場も違うので、すぐには気づかなかったのだろう。

「沢村頼母。前林藩国家老、斉木主膳と結託し、辰巳一家を潰そうと画策。さらには高明様を亡《な》き者にしようとした疑いあり。後日奉行の詮議を受けよ」

初音が言うと飛翔が、呆然《ぼうぜん》としている頼母を縛るよう捕り方に命じた。捕り方も、目を白黒させながら頼母に縄を打ち、そして権造と与七の亡骸も運び出し、屯所《とんしょ》へと引き上げていった。

「知らぬこととは申せ……」

飛翔が新九郎の前に膝を突いて言うと、他の藩士や紅緒も同じようにした。

「よ、よしておくんなさい……。殿様の弟が、渡世人であるわけありやせん」

「いや、とにかく中で話したい。新吾、来てくれ」

高明が言って立ち上がり、藩士に支えられながら奥座敷へと戻っていった。

他の藩士たちは喧騒の後始末にかかり、新九郎も仕方なく高明のいる奥座敷へと入っていった。

高明が奥に座り、横に飛翔、そして烏を外へ離した初音が笠を脱いで恭しく平伏し、紅緒も末席で驚きと戸惑いに頭を下げていた。

そして新九郎は、高明の正面に座して両手を突いた。

「新吾か。聞いてはいたが息災で何より」

「は……」

言われて、新九郎は面を上げた。

飛翔も紅緒も、二人揃ったところを見ると、あらためて瓜二つということを確認して身を引き締めていた。

「経緯《いきさつ》を聞きたい。新吾、初音もつぶさに話してくれ」

高明は、病弱ということだが弟に会って顔を輝かせ、疲れも見せずに言った。

「はい、私が事情を知ったのは、つい半年前にございます」

新九郎は答えた。

高明と新吾は、江戸藩邸で正室佐枝の双子として生まれた。慣例として弟の新吾は藩士の養子となったが、夫と子を失ったばかりの養母が国許《くにもと》の前林へ引き上げ、新吾を郷士《ごうし》として育てた。

養母の躾《しつけ》は厳しく、学問と剣術道場へ通わせ、一人前の武士に育て上げてくれたのだった。

そして新吾も二十五となり、今後の行く末を考えている折に養母が病に伏せり死の前に血筋の事情を打ち明けられた。

江戸にいる実母の佐枝に慕情が湧《わ》かないでもなかったが、やはり養母こそ真の母と思い菩提《ぼだい》を弔《とむら》った。とにかく新吾は郷士として虐《しいた》げられた思いがあり、武家に未練はなかったのだ。

今さら城へ行って行く末の面倒を見てもらうつもりはなく、むしろ天涯孤独となり、武家の柵《しがらみ》からも抜け出たい思いが強くなった。

それだけ養母は、新吾を独り立ちできるほど逞しく育てたのである。

一方、佐枝の命を受けた素破《すっぱ》も何かと養母と新吾を見守っていたが、新吾があろう事か渡世人となり、家も名も捨てたことを知り、最も若い初音が陰ながら見守ることとなった。

新吾は新九郎とあらため、人々の暮らしを見て回り、江戸を目指して何か己《おのれ》になせる道を探そうと思った。

そして偶然、参勤交代で前林藩が高崎の本陣に泊まることを知り、病弱と噂《うわさ》のある兄が気になった。

折しも、国家老主膳や辰巳一家の画策が耳に入り、何か兄の役に立てることはないかと模索しつつ柏木屋に逗留することになったのである。

むろん名乗り出るつもりはなく、陰で自分の腕を使えれば満足だったのだ。

「斉木主膳は、腰元に産ませた子を城主にしようと企《たくら》んでおります」

初音が話を引き継いで言うと、飛翔は濃い眉を険しくさせ、高明も眉をひそめて反応した。

「そこで八州廻りの沢村頼母と組み、以前より柏木屋を乗っ取ろうとしている辰巳一家を焚《た》きつけました」

初音が言う。

上手くすれば、二千両を餌《えさ》に辰巳一家が高明を殺害してくれる。そのあと、頼母が辰巳一家を一掃してしまえば手柄になり、双方が潤うのだ。

頼母も、辰巳一家に目こぼしして小銭を稼ぐことより、無法者を一網打尽《いちもうだじん》にする手柄と、大名との癒着《ゆちゃく》に目がくらんだのだろう。

どちらにしろ主膳も頼母も、辰巳一家など人とも思っていないのである。

とにかく、これで辰巳一家は消滅し、少なくとも、何の落ち度も出さなかった柏木屋と紅緒は安泰《あんたい》となろう。

「あい分かった。国許へは書状を送り、主膳の取り調べをするよう奉行に言い置く。それより新吾、私とともに江戸へゆき、母上に会おう。どれほど喜ばれることか」

高明が言った。

「いや、それは……」

「まあ良い。どちらにしろ行く末は相談に乗る。とにかくそばにいてくれ」

「承知致しました」

新九郎も答えた。江戸を見たい気持ちに変わりはなく、同じことなら同道しても良いと思った。

さすがに高明も疲れたようで、飛翔に支えられながら横になった。

もう夜も更けたので、やがて新九郎も辞儀をして引き上げたのであった。

第五章　熟《う》れ肌に酔いしれて

一

「驚きました。まだ胸の震えが治まりません……」

紅緒が言い、新九郎をどのように扱って良いか分からないようだった。

帳場の脇《わき》の部屋である。

初音は気を利かせたのか、どこかへ行ってしまった。騒動も治まったので藩士たちも交代で休みはじめたようだが、飛翔だけは高明の隣の部屋で寝ずの番を続けているらしい。

「お侍とは思っていましたが、まさか殿様の弟君だなんて……」

「どうか、その話はご勘弁を。初音が言わなければ、内緒のまま発《た》つつもりでしたので」

新九郎も、初音が自分を見守っているお庭番とは知らなかったのだ。

「目が冴《さ》えて仕方がないわ……」

「一汗かきやしょうか。昼間の湯殿で、夜にゆっくりと約束したでしょう」

「ああッ……、私はとんでもないことを……」

言われて、紅緒は新九郎にゆばりを飲ませたことを思い出して身を震わせた。

「さあ、脱いで続きを」

新九郎は激しく淫気を催《もよお》し、自分から寝巻を脱ぎながら紅緒に迫った。

何しろ明日には一行とともに出立してしまうのだから、紅緒の熟《う》れ肌が名残惜《なごりお》しかった。

そして紅緒も、混乱と戸惑いの中で朦朧《もうろう》となり、脱がされるまま肌を露《あら》わにしていった。藩主も金も無事だったので、その安堵《あんど》感があって紅緒もその気になったようだ。

たちまち二人全裸になり、新九郎は布団《ふとん》に仰向《あおむ》けになった。

「どうか足を顔に」

彼は言い、紅緒の足首を摑《つか》んで顔に引き寄せた。

「め、滅相《めっそう》も……、無礼打ちになります……」

「そんなこと致しやせん。美しい紅緒さんに、こうして欲しいだけですんで」

「アアッ……」

足裏に舌を這《は》わせると、紅緒は後ろに手を突いて喘《あえ》いだ。当然ながら、多くの藩士たちがいたので、自分は入浴もしていない。

新九郎は美人女将《おかみ》の足裏を舐《な》め回し、指の間に鼻を押しつけ、ムレムレになった匂《にお》いを貪《むさぼ》った。もう片方の足も引き寄せて味と匂いを堪能《たんのう》し、全ての指の股《また》に舌を割り込ませた。

「も、もうどうかご勘弁を……」

紅緒が恐縮してガクガクと身を震わせて言うと、爪先《つまさき》をしゃぶっていた新九郎も口を離し、彼女の足首を摑んで顔に跨《また》がらせた。

「ああ……、また、こんなことをさせて……」

紅緒は彼の顔にしゃがみ込みながら言い、両手で顔を覆《おお》った。

新九郎は真下から豊満な腰を抱き寄せ、茂《しげ》みに鼻を埋《うず》め込み、濃厚な汗とゆばりの匂いを貪り、陰戸《ほと》に舌を這わせた。

大量の蜜汁が溢《あふ》れて舌の動きが滑《なめ》らかになり、彼は味と匂いを堪能してオサネに吸い付いた。

さらに白く丸い尻の真下に潜《もぐ》り込み、谷間の蕾《つぼみ》に鼻を埋めた。

「あう……、駄目《だめ》……！」

紅緒はしゃがみ込んでいられず、彼の顔の左右に両膝《ひざ》を突いて呻《うめ》いた。

新九郎は蕾に籠《こ》もる微香を嗅《か》いでから舌を這わせ、ヌルッと潜り込ませて粘膜を味わった。

そして再び陰戸に戻り、ヌメリをすすってオサネを舐め回した。

「へ、変になりそう……、どうか、今度は私が……」

紅緒は言いながら懸命に股間を引き離し、彼の股間に顔を移動させていった。

やはり受け身は畏《おそ》れ多いので、自分から愛撫《あいぶ》する方が気が楽なようだ。彼女は先端を舐め回し、丸く開いた口でスッポリと根元まで呑《の》み込み、頬《ほお》をすぼめて吸い付いてきた。

「ンン……」

深々と含んで熱く鼻を鳴らし、口の中ではクチュクチュと舌をからめた。

新九郎も股間に熱い息を受け止め、強烈な愛撫で唾液にまみれた一物を最大限に膨張させた。

「い、入れたい、上から跨いで……」

やがて高まると彼は言い、紅緒の手を引っ張って這い上がらせた。

彼女も素直にスポンと口を離して身を乗り出し、唾液に濡《ぬ》れた先端を陰戸に受け入れていった。腰を沈み込ませると、彼自身はヌルヌルッと滑らかな肉襞《ひだ》の摩《ま》擦《さつ》を受けて根元まで没《ぼっ》した。

「アアッ……、いい……！」

紅緒が座り込み、顔を仰《の》け反《ぞ》らせて喘いだ。そして密着した股間をグリグリ動かしてから、ゆっくり身を重ねてきた。

新九郎も抱き留め、潜り込むようにして乳首を吸い、顔中で豊かな柔《やわ》らかい膨《ふく》らみを味わった。

膣内は味わうようにモグモグと肉棒を締め付け、溢れる淫水が互いの股間をビショビショにさせた。

彼は左右の乳首を含んで舐め回し、紅緒の腋《わき》の下にも鼻を埋め、腋毛に籠もった濃厚に甘ったるい汗の匂いに噎《む》せ返った。

すると紅緒が待ちきれないように腰を遣いはじめ、新九郎も両手で熟れ肌にしがみつきながらズンズンと股間を突き上げた。

「ああ……、すぐいきそう……」

彼女が喘ぎ、股間をしゃくり上げるように動かし続けた。

新九郎は下から唇を重ね、ネットリと舌をからめて生温かな唾液をすすり、濃厚に甘い刺激を含んで吐息に酔いしれた。

「唾《つば》をもっと……」

囁《ささや》くと紅緒も懸命に唾液を分泌《ぶんぴつ》させ、口移しにトロトロと注《そそ》ぎ込んでくれた。

彼は生温かく小泡の多い粘液を味わい、うっとりと飲み込んで喉《のど》を潤《うるお》した。

「ね、思い切り顔に唾をかけて……」

「そ、そんなこと出来ません、絶対に……」

言うと、紅緒は驚いたようにかぶりを振って答えた。

「どうしても、してほしい。二人だけの秘密で」

「だって、お大名に向かって」

「あっしは、無宿人の新九郎ですので、どうか」

「でも……、じゃ約束して下さいな。また必ず、高崎へ寄るって……」

「ああ、必ずまた参りやすから」

「本当ね……、アア、でもこんなこと許されるのかしら……」

紅緒は決心したものの、なかなか実行できなかった。その間も大量の淫水が漏《も》れ、彼のふぐりから肛門の方にまで伝い流れてきた。

「さあ……」

再三促《うなが》すと、ようやく紅緒も唾液を口に溜《た》め、形良い唇をすぼめて迫った。

そして息を吸い込み、ペッと生温かな唾液を吐きかけてくれた。

「アア、もっと強く何度も……」

興奮を高め、突き上げを速めながら言うと、紅緒も絶頂を迫らせながら続けざまに吐きかけてくれた。

甘い刺激の息を嗅ぎながら、唾液の固まりを鼻筋や頬に受け、とうとう新九郎も昇り詰《つ》めた。

すると一足先に、紅緒が気を遣《や》ってしまったようだ。

「い、いく、気持ちいい……、ああーッ……！」

声を上ずらせて口走り、膣内の収縮を最高潮にさせた。

続いて新九郎も絶頂に達し、大きな快感とともに熱い大量の精汁をドクンドクンと勢いよく内部にほとばしらせた。

「あう、すごいわ、もっと……」

噴出を感じると、紅緒は駄目押しの快感を得ながら身悶《みもだ》え、肌全体を彼に擦《す》りつけながら喘ぎ続けた。

新九郎も顔中ヌルヌルにされながら心地よい匂いと摩擦の中、最後の一滴まで出し尽《つ》くしていった。

すっかり満足して突き上げを弱めていくと、

「し、死にそう……、ううん、死んでもいい……」

紅緒が精根尽き果てたように口走り、グッタリと体重をかけて彼にもたれかかってきた。

ようやく動きを止めて身を投げ出しても、一物を深々とくわえ込んだ陰戸はキュッキュッと名残惜しげに締まった。刺激された肉棒がヒクヒクと内部で跳《は》ね上がり、そのたびにきつく締め上げられた。

「ああ……、良かったわ、すごく……」

紅緒は熟れ肌の硬直を解いて荒い呼吸を繰り返し、新九郎も重みと温《ぬく》もりを受け止め、熱く甘い息の匂いを胸いっぱいに嗅ぎながら、うっとりと快感の余韻《よいん》に浸《ひた》り込んでいった。

もしかすると飛翔も高明を警護しながら、そっくりな新九郎にした行為の一つ一つを思い出して、今頃自分で慰めているのではないかと思った。

やがて紅緒が、そろそろと股間を引き離して懐紙を手にした。

そして手早く陰戸を拭《ぬぐ》うと、淫水と精汁にまみれた肉棒を丁寧《ていねい》に拭《ふ》き清め、屈《かが》み込んでチロリと鈴口を舐めてくれた。

「さあ、明日も早いので寝ましょう。こんな部屋で申し訳ないですけれど」

紅緒が言って添い寝し、互いに全裸のまま搔巻《かいまき》を掛けて肌を寄せた。

新九郎もさすがに疲れ、彼女の温もりを感じたまま、いつしか深い睡《ねむ》りに落ちていったのだった……。

二

「では、世話になった。また国許《くにもと》との行き来の折は必ず寄るので」

飛翔が紅緒に言い、やがて高明も乗物に入って一行は出立した。

朝餉《あさげ》を終えて間もなく、五つ（午前八時頃）だった。初音は姿が見えないので

どこからか新九郎を見守っていることだろう。

新九郎も紅緒に辞儀をし、柏木屋を出た。

紅緒が名残惜しげに、見えなくなるまでいつまでも行列と彼を見つめていた。

「新吾、いるか」

乗物から、何かと高明が声を掛けてきた。

「はい、新吾様もご一緒ですのでご安心を」

そのたびに飛翔が答え、新九郎も渡世人《とせいにん》の姿のまま、行列の後先を進んだのだった。

高崎を南下すると、倉賀野《くらがの》、新町《しんまち》、本庄《ほんじょう》を越えて深谷《ふかや》で昼餉。さらに熊谷《くまがや》、鴻《こうの》巣《す》を越えて桶川《おけがわ》で一泊。

むろん先発隊が桶川の本陣宿の手配は済《す》ませてある。

そして明夕には江戸屋敷に到着の予定であった。

もう周囲の不穏な動きもないので、桶川の宿では飛翔も一人部屋をもらい、高明と金の警護は他の藩士たちに任せた。

高明は、夕餉の時も新吾をそばに呼んだが、弟君と知っても何しろ渡世人の姿なので、他の藩士たちも扱いに困ったことだろう。

それでも風呂は、さすがに高明の次に入ることが出来た。

そして寝る段になると、飛翔が言いにくそうに新九郎を自分の部屋に呼んだ。

「お疲れでしょう。ゆうべは一睡もせず、ここまで歩いたのですから」

「ええ、でも気が高ぶって……」

新九郎が言うと、寝巻姿の飛翔は熱っぽい眼差《まなざ》しで彼を見つめた。もちろん女なので、入浴は最後であり、まだ入っていないようだ。

「それに江戸屋敷へ行ってしまうと、もうこんなふうに二人きりでは会えぬ気がして……」

「あっしは渡世人のままですので、お屋敷に入る気はありやせん」

「そのことは、江戸で殿とよくお話し下さいませ。今は……」

とにかく淫気と慕情が疼《うず》くようだった。

もちろん新九郎も、凛《りん》とした美女から発する女の匂いに刺激され、すっかり一物は屹立《きつりつ》して準備が整っていた。

「さあ、脱いで。お疲れでしょうから早く済ませやしょう」

新九郎は促し、自分から寝巻を脱ぎ去った。

「良いのでしょうか……」

「良いも何も、すでに肌を重ねているのですから」

「ええ……」

飛翔は答え、生娘《きむすめ》に戻ったようにモジモジと寝巻を脱ぎ去ってゆき、ほんのり汗ばんで逞《たくま》しい肌を布団に横たえた。

新九郎も全裸でにじり寄り、紅緒にしたように飛翔の足の裏から舐めはじめ、指の股の蒸れた匂いを貪った。

「あう……、どうか、そのようなことは……」

飛翔が、可哀想《かわいそう》なほど身を震わせて言った。

新九郎は構わず爪先をしゃぶり、男のように太く逞しい指の間に舌を割り込ませた。

「アア……」

飛翔は畏れ多さに喘ぎ、ただ受け身になってヒクヒクと下半身をくねらせた。

やはりすでに彼の正体を知り、まして顔も瓜二《うりふた》つなので、今は主君に愛撫されているような錯覚に陥《おちい》っているようだ。

新九郎は両足とも味と匂いを堪能し、やがて脚の内側を舐め上げ、両膝を割って顔を進めた。

張りのある内腿《うちもも》を舌でたどり、股間に鼻先を寄せると、すでに割れ目からはみ出した花びらはヌラヌラと大量の蜜汁に潤っていた。

彼も堪《たま》らず顔を埋め込み、柔らかな恥毛に鼻を擦りつけ、隅々に籠もった甘ったるい汗の匂いと、刺激的な残尿臭を胸いっぱいに吸収した。

そして舌を挿《さ》し入れ、淡《あわ》い酸味のヌメリに満ちた膣口を掻《か》き回し、大きめのオサネまで舐め上げていくと、

「く……！」

飛翔はビクッと身を弓なりに反らせて呻き、内腿でムッチリときつく彼の顔を挟《はさ》み付けてきた。

新九郎は執拗《しつよう》にオサネを吸い、溢れる淫水をすすり、さらに両脚を浮かせて尻の谷間にも鼻を埋め込んでいった。汗の匂いに混じり秘めやかな微香が籠もって胸に沁《し》み込み、彼は舌を這わせて襞を濡らし、ヌルッと潜り込ませて粘膜まで探った。

「ど、どうか……、そこは、後生ですから……」

飛翔が心細げに声を震わせながら、それでもキュッと肛門で彼の舌先をきつく締め付けてきた。

充分に味わってから再び陰戸に戻ってオサネを吸うと、もう飛翔は魂《たましい》を吹き飛ばして正体を失ったようにグッタリとなっていた。

新九郎は股間から這い出して飛翔の胸に跨がり、急角度にそそり立った肉棒に指を添えて下向きにさせ、前屈みになって先端を唇に押し当てた。

「ンン……」

飛翔も小さく呻いてパクッと亀頭を含み、熱い息を弾《はず》ませながら舌をからめてくれた。彼も深々と押し込み、美女の温かな口の中で唾液にまみれながら幹を震わせた。

そして充分に高まると引き抜き、再び飛翔の股間に戻って大股開きにさせ、本手《ほんて》（正常位）で先端を押し当て、ゆっくり挿入していった。

「アアッ……」

飛翔が、息を吹き返したように顔を仰け反らせて喘ぎ、深々と受け入れた。

新九郎もヌルヌルッと幹を刺激する肉襞の摩擦と温もりを味わい、根元まで貫《つらぬ》いて股間を密着させた。脚を伸ばして身を重ねていくと、彼女も下から激しく両手でしがみついてきた。

「ああ……、殿……」

「いけません。新九郎ですぜ」

錯覚して口走った飛翔に言い、彼は屈み込んで左右の乳首を交互に含み、舌で転がした。すると連動するように、膣内がキュッキュッときつく締まり、さらなる淫水が湧《わ》き出してきた。

新九郎は乳首を味わうと、彼女の腋の下にも鼻を押しつけ、腋毛に籠もる濃厚に甘ったるい汗の匂いで胸を満たした。

「し、新九郎様……」

「いや、呼び捨てにして下さいまし。それでないと燃えませんので」

「な、ならば、お許しを。新九郎、もっと突いて、乱暴に奥まで何度も……」

飛翔が快感に任せ、朦朧として言った。

まだ交接は二回目なのに充分すぎるほどに感じ、今にも気を遣りそうになっているようだ。

彼も徐々に腰を突き動かし、摩擦を味わいながら次第に勢いを付けていった。

そして上から唇を重ねて舌をからめ、美女の甘い吐息と生温かな唾液を嚙《か》み締めた。

「ク……」

飛翔も彼の舌に吸い付いて呻き、ズンズンと股間を突き上げはじめた。

いつしか互いに股間をぶつけ合うように動き続け、膣内の収縮も活発になり、粗相《そそう》したかと思うほど淫水が溢れていた。

「き、気持ちいいッ……！」

苦しげに口を離して飛翔が口走り、下から熱い眼差しを彼に向けながら身悶えた。どうやら、本格的に気を遣ってしまったようだ。

新九郎も動くうち、とうとう絶頂に達し、大きな快感に全身を貫かれた。

「い、いく……！」

呻きながら、ありったけの熱い精汁をドクドクと内部に放つと、

「あう、もっと……、すごい……！」

噴出を感じた飛翔が、さらなる快感を覚えて喘ぎ、きつく締め付けてきた。

新九郎は体重をかけ、弾力ある乳房を押しつぶし、恥毛を擦《こす》り合わせて動き続けた。

そしてコリコリする恥骨の膨らみまで感じながら、心置きなく最後の一滴まで出し尽くし、ようやく動きを弱めていった。

「アア……、溶《と》けてしまう……」

飛翔も、すっかり満足したように声を洩《も》らし、肌の強《こわ》ばりを解いてグッタリと四肢を投げ出していった。

新九郎も頑丈な飛翔に遠慮なく身を預け、まだ息づく膣内でヒクヒクと幹を震わせ、美女の甘い息を嗅いで余韻を噛み締めたのだった。

ようやく呼吸を整えると、彼は股間を引き離した。

「ああ……、離れないで……」

飛翔は言ったが、一緒になれない運命を悟《さと》ったものか、すぐ諦《あきら》めたように力を抜いた。

「風呂場までお連れしやしょうか」

「いいえ……、一人で行きます……」

言うと飛翔が小さく答え、やがて新九郎は寝巻を羽織《はお》って彼女の部屋を出たのだった……。

三

「おや、新さんじゃないの。大名行列と一緒だなんて」

翌朝、一行が桶川の宿を出ると、間もなく新九郎に、旅仕度《たびじたく》をした壺《つぼ》振りの駒が話しかけてきた。

「お駒さん、また江戸へ？」

新九郎も驚いて言った。

「ええ、江戸を追われて辰巳一家の世話になろうと思ったのに、あんなことになったから、一目散に逃げてきたんですよ」

駒が言い、新九郎もやや行列から離れて話した。

「そう、辰巳一家は一網打尽《いちもうだじん》になっちまいましたか」

「八州廻《はっしゅうまわ》りも、今まで馴《な》れ合っていたくせに急に厳しく、残らず遠島《えんとう》になるでしょうよ。一家の建物も、八州さんの寄り合い所になるんじゃないかしら。もっとも番頭の沢村頼母は切腹になるようですけどね」

さすがに裏稼業の駒は、そうした事情に耳ざといようだ。

そして国家老、斉木主膳の切腹の知らせも、遠からず江戸藩邸に届くことだろう。次期藩主へと画策していた子は気の毒だが、それは本人と周囲次第で立派な藩士になれば良い。

新九郎は話しながら、駒と一緒に街道を進んだ。

桶川を出て、上尾《あげお》、大宮《おおみや》と過ぎ、浦和《うらわ》で昼餉となった。

すると駒は新九郎と軽く食事を済ませてから、待合《まちあい》に誘った。さすがに各宿場のことは詳しいようだ。

行列も、身体の弱い高明を慮《おもんぱか》ってゆっくり進むから、すぐ追いつけるだろう。

二階の部屋に通されると、すでに床《とこ》が敷き延《しの》べられ、枕が二つ並んでいた。

どうにも、初音に会ってから、どこへ行っても毎日のように女運が巡《めぐ》ってきていた。

「なぜ行列と一緒に？」

「ああ、何やら前林藩の面々に気に入られちまいましてね」

「そう、柏木屋の騒動で働いたからでしょう」

そこまで知っている駒も、新九郎の素性までは耳に入っていないようだ。

「追われたと言ってたが、江戸に当てはあるんですかい？」

「ええ、イカサマの悶着《もんちゃく》だから、ほとぼりが冷めりゃ新門《しんもん》の辰五郎《たつごろう》親分が何とか取りなしてくれるでしょうよ」

「へえ、懇意にしてるんですかい」

「少しは顔が利くから、新さんも紹介するわよ。他にも、勝小吉《かつこきち》先生とか」

「いろいろいるんでござんすね」

「そんなことより、脱ぎましょう。のんびりしてると行列が発っちゃうわよ」

駒が言い、自分から帯を解きはじめた。

新九郎も手早く全裸になり、ピンピンに勃起している一物を露わにした。

「いつも元気なのね。渡世人は淡泊《たんぱく》なのが多いけど、新さんは念入りにしてくれるから好き」

駒も、たちまち一糸まとわぬ姿になり、彼の一物を見て言った。確かに渡世人など、入れて射精するだけで充分だろうから、隅々まで舐める男など新九郎ぐらいのものだろう。

新九郎が仰向けになると、駒が亀頭にしゃぶり付いてきたので、彼も腰を引き寄せて顔に跨がらせた。

女上位の二つ巴《ふたどもえ》になり、彼も下から陰戸に顔を埋め、汗とゆばりの匂いを貪りながら舌を這わせた。すぐにも生ぬるくトロリとした淫水が溢れ、たまに見える彼女の背の巴御前が艶《なま》めかしく色づいていった。

「ンン……！」

オサネに吸い付くと、駒も深々と一物をくわえながら呻き、熱い鼻息でふぐりをくすぐりながらチュッと強く吸った。

さらに彼は伸び上がり、白く豊満な尻の谷間に鼻を埋め、蕾に籠もった匂いを嗅いでから舌を這わせ、ヌルッと舌を潜り込ませた。

「アア……、いい気持ち……」

駒がスポンと口を引き離し、彼の顔の上に座って上体を起こした。

そして前も後ろも舐められながら悶えると、馬上の巴御前もうねうねと舞うように蠢《うごめ》いた。

やがて彼女が向き直り、茶臼《ちやうす》（女上位）で一物に跨がり、ヌルヌルッと一気に根元まで受け入れていった。

「ああッ……、奥まで響くわ。いい気持ち……」

駒が顔を仰け反らせて喘ぎ、すぐにも身を重ねてきた。新九郎も、肉襞の摩擦と締め付けを感じながら抱き留め、潜り込んで乳首に吸い付いた。

豊満な乳房が顔中に密着し、隙間《すきま》から呼吸すると生ぬるく濃厚に甘ったるい汗の匂いが鼻腔《びこう》を刺激してきた。

彼は左右の乳首を味わい、もちろん腋の下にも鼻を埋め、腋毛に籠もった体臭を胸いっぱいに味わった。

「アア……、突いて……」

駒が腰を遣いながら息を弾ませ、新九郎も股間を突き上げはじめた。

溢れる淫水がクチュクチュと鳴って動きが滑らかになり、互いの動きも一致して激しくなっていった。

下から唇を求めると、駒もピッタリと重ね合わせ、貪るように舌をからめてきた。熱く湿り気ある息は白粉《おしろい》に似た甘い刺激を含み、悩ましく鼻腔をくすぐってきた。

新九郎は高まりながら、美女の口に鼻を擦りつけ、息と唾液の匂いを吸い込みながら股間を突き上げた。駒もネットリと舌を這わせ、彼の顔中をヌルヌルにさせながら熟れ肌を狂おしく波打たせた。

「い、いっちゃう……、アアーッ……！」

たちまち駒が声を上ずらせ、ガクンガクンと腰を撥《は》ね上げるように悶えて気を遣った。

「く……！」

同時に新九郎も絶頂の快感に貫かれ、ありったけの精汁をドクドクと内部にほとばしらせてしまった。

「あう、いいわ、もっと……！」

熱い噴出を感じた駒が貪欲《どんよく》に口走り、さらにきつくキュッキュッと締め上げてきた。新九郎は心ゆくまで快感を味わい、最後の一滴まで出し尽くすと満足げに力を抜いていった。

「ああ、良かった……」

駒も言い、名残惜しげに収縮を繰り返し、射精直後で過敏になった一物がヒクヒクと中で暴れた。

そして新九郎は、鉄火肌《てっかはだ》の重みと温もりを感じ、熱く甘い息を嗅ぎながら余韻を味わった。

すると待合の外で、カアーと烏《からす》が一声鳴いた。

どうやら、そろそろ出立だぞと初音が教えてくれたのかも知れない。

やがて呼吸を整えた駒が股間を引き離し、互いの股間を懐紙で拭ってくれ、身《み》繕《づくろ》いをした。

新九郎が待合の支払いをしてやり、街道に戻るとすでに一行は出立して先を歩いていた。相変わらず初音の姿は見えないが、どこかで好色な彼に呆《あき》れていることだろう。

一行は浦和を出ると、蕨《わらび》、板橋《いたばし》を過ぎ、日が傾《かたむ》く頃に日本橋《にほんばし》に着いた。

（とうとう江戸か……）

新九郎は感慨を込めて周囲を見回した。さすがに多くの人が行き交い、今まで過ぎてきたどの宿場とも違って、実に活気に満ちていた。

芝居小屋か相撲《すもう》か、色とりどりの幟《のぼり》が立ち並び、大店《おおだな》も軒《のき》を連ね、その間を買い物客や物売りが行列するように移動していた。

何やら眺《なが》めているだけで人に酔いそうである。

「じゃ、何かあったら辰五郎親分のところへ来て下さい。私がどこにいるか教えてくれるでしょう」

「ああ、ではまた会う日まで達者で」

新九郎は駒と別れ、やがて一行とともに神田《かんだ》にある前林藩上屋敷に到着した。

大きな藩邸に入って良いものかどうかためらったが、飛翔がやって来て中に招いてくれた。

「どうか、こちらでお待ちを」

飛翔が新九郎を小部屋に案内してくれ、すぐ自分は出ていった。

まずは高明が旅の衣を着替えて湯に浸《つ》かり、亡《な》き先代の正室である母親の佐枝に挨拶《あいさつ》するのだろう。

すると、矢絣《やがすり》を身にまとった若い腰元が入ってきた。

「これにお着替えを」

「なんだ、初音じゃないか」

言われて、新九郎は驚いて初音を見ると、彼女も可憐《かれん》な笑みを浮かべた。鳥追い姿も良いが、腰元の衣装も実に似合っている。

とにかく長脇差《ながどす》と三度笠《さんどがさ》、合羽《かっぱ》を置き、手甲脚絆《てっこうきゃはん》を解いて着物を脱ぐと、下帯一枚になった。

そのまま初音を抱き寄せようとすると、

「駄目です、これから佐枝様にお目通りするのですから」

初音が拒《こば》んで言い、新九郎も実母に会うことを思い緊張した。

四

「新吾か……！　おお、高明によう似て……」

四十半《なか》ばになる佐枝が、面を上げた新九郎に向かい声を詰まらせた。

新九郎は袴《はかま》に裃《かみしも》姿だが、髷《まげ》は渡世人のままで何ともちぐはぐだが、佐枝は感激していた。

「お稲《いね》には苦労をかけました。初音からの報《しら》せで無宿人になったと聞いたときには生きた心地もしませんでしたが、息災で何より」

佐枝が言う。稲とは、新九郎の養母である。

すでに高明は挨拶を済ませて傍《かたわ》らにいる。

初めて見る実母は、実に気品ある菩薩《ぼさつ》のように見えた。そして自分は、この人から高明とともに生まれ出たのだなという感慨を覚えた。

「国家老の不祥事には胸が痛みます。今後とも、ここで高明を助けてやってくれぬか」

「いえ、それは……」

「返事はすぐでなくとも良い。ゆるりと考えてたもれ」

「は……」

新九郎は深々と頭を下げ、それにて謁見《えっけん》は終わった。

夕餉は部屋に運ばれてきたので、新九郎もすぐに袴と裃は脱いでしまった。やはり半年とはいえ、すっかり武士より無宿人の方が性に合ってしまっているのである。

尾頭《おかしら》付きの豪華な夕餉を終えると、初音が床を敷き延べに来てくれた。

「もう抱いてもいいだろう」

「なりません」

「なに、駄目なのか……」

初音に拒まれ、新九郎は情けない声を出した。

「はい、新吾様には、実はお役目がございます」

「私に？　何の……」

「佐枝様と、殿からのお願いです。殿には二つ下のご正室、千代《ちよ》様がいらっしゃいますが、何しろ虚弱で情交出来ません。そこで新吾様が代わりに」

「え……？」

聞いて新九郎は驚いた。

どうやら高明の正室、千代には子が出来ないらしい。もっともほとんど交接していないのだから無理もないだろう。

そこで佐枝と高明は急遽《きゅうきょ》、新九郎の子種を欲したのである。

「そんな……、いかに顔が似ていても、髷で身代わりと知れるだろう。それともそれは正室も承知のことなのか」

「いいえ、千代様には、お相手を殿と思い込むよう術をかけますので」

「術……」

そういえば初音は素破《すっぱ》ということなので、様々な術を持っているのだろう。

どうやら秘薬で朦朧とさせ、新九郎を高明と思い込ませるようだ。

しかし、それを佐枝も高明も承知しているとは、やはり主君というのは子を成すことが最優先の大事なのだろう。

それに余人ではなく、高明の双子の弟なのだから、これほど適した男は他にいない。

「では、今宵《こよい》正室を抱けるのか」

「はい、これから奥向きの寝所へご案内致します」

「交接だけか。舐めたり舐められたりしたいが」

「術で、ある程度の記憶は失うでしょうから、少しばかりなら」

初音は寛容だった。孕《はら》ませることが第一なので、たいていの我儘《わがまま》は聞いてくれるらしい。

「で、まさか懐妊するまで逗留《とうりゅう》しろと?」

「出来ましたら」

「それは困る」

「とにかく今宵はお願い致します」

言われて、新九郎は食指が動いてしまった。

武家女は飛翔を知っているが、さらにその上、いや、大名の女の中で一番上にいる藩主の正室が抱けるのだから、言いようのない淫気が湧いた。

むろん二十三歳になる千代は生娘ではなく、他家より嫁して三年になるようだが、ほんの数回しか情交していないのだろう。

やがて寝巻に着替えた新九郎は、初音の案内で藩邸の奥向き、女たちの起居する場所へと進んでいった。

「こちらです。ではご存分に」

初音が襖《ふすま》を開いて言い、新九郎も中に入った。

千代の寝所には行燈《あんどん》が二つ灯《とも》され、布団の上に千代が座して待機していた。

室内には、生ぬるく甘ったるい匂いが立ち籠めていた。香ではなく、千代本来の体臭であろう。

(何と、美しい……)

新九郎は目を見張った。

気品を備えた箱入りの姫君が、つぶらな瞳で新九郎を見つめていた。

しかも初音に術を施《ほどこ》され、その眼差しは茫洋《ぼうよう》とし、何とも妖《あや》しげな色気を醸《かも》し出していた。

すでに高明は千代と顔を合わせ、無沙汰《ぶさた》の挨拶は交わしていただろう。

もう言葉など要《い》らず、新九郎も淫気を全開にさせて床に近づいて座った。

そして彼女の帯を解いて寝巻を脱がせ、裸にさせて横たえると、自分も手早く全裸になった。

千代は仰向けになって長い睫毛《まつげ》を伏せ、神妙に身を投げ出していた。

肌は透《す》けるように白く、息づく乳房も実に形良く張りがあり、乳首と乳輪はまだ初々《ういうい》しい桜色をしていた。

新九郎は、匂う肌に屈み込み、チュッと乳首に吸い付いて舌で転がした。

「ああ……、殿……」

高明と思い込んでいる千代は、久々の逢瀬《おうせ》にビクリと反応して喘いだ。

どうせ次の間では初音が待機し、つぶさに検分していることだろう。

それはそれで興奮したし、余人はともかく初音であれば少々の行為にも目をつぶってくれるに違いない。

武家ではなく素破なればこそ、彼を藩主の弟と知りながら要求に従い、今まで大胆な行為にも付き合ってくれたのだ。

新九郎は乳首を舐めながら、顔中で柔らかな膨らみを味わった。

もう片方の乳首も含んで舌を這わせ、さらに腕を差し上げて腋の下にも鼻を埋め込んだ。和毛に籠もる淡い汗の匂いが可愛《かわい》らしく、そこも舐め回してから、彼は滑らかな肌を舌でたどっていった。

形良い臍《へそ》を舐め、白粉でもまぶしたように白く張りのある下腹から腰、ムッチリした太腿へと下降した。

千代は何をされても拒まず、たまにピクリと肌を震わせるだけで、さすがに慎《つつし》み深く滅多《めった》に声は洩らさなかった。

彼はスベスベの脚を舐め降り、足裏にも舌を這わせ、縮こまった指の股にも鼻を割り込ませて嗅いだが、やはり日頃から歩き回ることもせず、しかも湯浴みしたあとだから匂いも薄くて物足りなかった。

だからすぐに脚の内側を舐め上げ、股を開かせて股間に顔を進めた。

滑らかな内腿をたどって陰戸に迫ると、初々しい割れ目から桃色の小振りの花びらがはみ出していた。

指で広げると、膣口の襞がキュッと羞恥《しゅうち》に引き締まり、光沢ある小粒のオサネも見えた。

新九郎は顔を埋め込み、楚々《そそ》とした茂みに鼻を擦りつけて嗅いだ。

柔らかな恥毛の感触とともに、ほんのりと甘い汗の匂いに、微《かす》かなゆばりの匂いも入り交じって鼻腔をくすぐってきた。

彼は何度も深呼吸して匂いを貪り、舌を挿し入れていった。

膣口の襞をクチュクチュと搔き回し、柔肉をたどってオサネまで舐め上げていくと、

「く……！」

千代が息を詰めて呻き、内腿でビクリと彼の両頰を挟み付けてきた。

新九郎がチロチロとオサネを舐めていると、さすがに千代も生ぬるい蜜汁を溢れさせはじめた。

淡い酸味のヌメリは、やはり大名の正室でも、素破や壺振りだろうと、大体似通っていた。

さらに彼は千代の両脚を浮かせ、白く丸い尻の谷間に鼻を埋め込んだ。しかし桃色の蕾からは何の匂いも感じられず、物足りない思いで舌を這わせ、ヌルッと潜り込ませた。

「あう、殿……」

千代が驚いたように呻き、肛門で舌先を締め付けてきた。

やがて新九郎は千代の前も後ろも味わってから身を起こし、勃起した先端を彼女の口に押し付けた。

「しゃぶって濡らしてくれ……」

囁くと、千代も素直に亀頭を含んで吸い付き、チロチロと滑らかに舌を蠢かせてくれた。たちまち一物は清らかな唾液にまみれ、彼も高まっていった。

やがて引き抜いて千代の股間に戻り、股を開かせて股間を進め、濡れている膣口にゆっくりと挿入したのだった。

五

「ああ……、と、殿……、嬉しい……」

千代が朦朧として小さく言った。すでに何度かの挿入に慣れ、女本来の快楽に目覚めた頃なのだろう。

新九郎は、ヌルヌルッと肉襞の摩擦を受けながら根元まで押し込み、脚を伸ばして身を重ねていった。さすがに締まりは良く、舐めたため潤いも充分なので、彼は徐々に動きながら上から唇を重ねていった。

「ンン……」

千代は熱く鼻を鳴らし、下から両手でしがみついてきた。

舌をからめると、千代もチロチロと動かしてくれ、彼は生温かくトロリとした唾液を味わった。

そして腰を突き動かすうち、千代が息苦しくなったように口を離したので、彼は喘ぐ口に鼻を押し込んで息を嗅いだ。熱く湿り気ある口の中には、初音に似た甘酸《あまず》っぱい芳香が籠もっていた。

新九郎は果実臭に酔いしれながら勢いを付けて動き、そのまま昇り詰めてしまった。

「く……！」

突き上がる快感に呻き、彼は熱い大量の精汁をドクドクと柔肉の奥にほとばしらせた。これが命中すれば新九郎の役目も終わり、お家の今後も安泰《あんたい》ということだろう。

「アア……」

千代も熱く喘ぎ、締め付けながら彼が済むのを待った。まだ気を遣るほど成熟しておらず、とにかく彼が放ったことでほっとしているようだった。

新九郎は最後の一滴まで出し尽くし、動きを止めてもたれかかった。

そして千代の甘酸っぱい息を胸いっぱいに嗅ぎながら、余韻に浸って呼吸を整えた。

「失礼致します……」

と、そこへ初音が恭《うやうや》しく言って入り、身を離した彼の一物を懐紙で拭い、千代の陰戸も丁寧に拭き清めてくれた。

千代も息を弾ませ、されるままになっている。

新九郎は、そっと初音の耳に口を当てて囁いた。

「匂いが薄くて物足りない。部屋で初音を抱きたい」

すると初音も、彼の耳に口を当てて答えた。

「もう一度放つなら、千代様の中へ。私もお手伝いしますので」

言われると、また新九郎は食指が動いた。一度に二人が相手となれば話は別である。

「ならば頼む」

「では千代様、こちらへ」

新九郎が言うと初音が千代に囁いて起こし、彼は空いた布団に横たわった。

「千代様、私と一緒にここをお舐め致しましょう」

まだ術が効いているので、初音も大胆に言い、千代と一緒に一物に顔を寄せてきたのだ。しかも初音は、ためらいなく裾《すそ》をめくって新九郎の顔に跨がってきたのである。

彼はまず初音の足指に顔を寄せ、指の股の蒸れた匂いを貪った。

匂いが濃く、たちまち刺激が一物に伝わってムクムクと回復していった。

その一物に初音がしゃぶり付き、千代も言われるままふぐりに舌を這わせはじめていた。

新九郎は、股間に二人分の熱い息を感じ、快感に幹を震わせながら初音の股間に顔を寄せていった。

潜り込んで恥毛に鼻を擦りつけて嗅ぐと、やはり汗とゆばりの匂いが濃く沁み付き、彼は嬉々《きき》として悩ましい匂いを吸収した。

そして割れ目内部に舌を這い回らせて淫水を味わい、オサネに吸い付いては目の上で収縮する尻の蕾を見つめた。

そのまま伸び上がり、初音の尻に顔を埋め、蕾に鼻を押しつけて嗅ぐと、生々しい微香が感じられ、うっとりと酔いしれた。

やはり自然のままの匂いがないと燃えないものだ。

新九郎は初音の前も後ろも味と匂いを貪り、その間も初音が亀頭を舐め回し、千代が睾丸を舌で転がしていた。

試しに彼が両脚を浮かせると、

「お尻の穴も舐めて差し上げて下さいませ」

初音が言ってくれ、千代もチロチロと肛門を舐め回してくれた。

大名の正室に舐められ、新九郎も激しく高まった。

そして脚を下ろすと、今度は美女が二人で一物を交互にしゃぶり、混じり合った唾液にまみれさせてくれたのだ。

「ああ……、気持ちいい……」

新九郎が喘ぐと、やがて二人は口を離した。

初音も、うっかり彼が暴発してしまっては元も子もなく、一滴でも多く千代の陰戸に注入したいのである。

「ここ舐めて……」

新九郎が胸を指して言うと、初音と千代が同時に彼の左右の乳首に吸い付き、舌を這わせてくれた。

「噛んで……」

さらにせがむと、二人も遠慮がちにキュッキュッと前歯で乳首を刺激した。

「アア……」

彼が甘美な痛み混じりの快感に幹を震わせると、初音が千代を一物に跨がらせた。そして茶臼（女上位）で、再び交接させたのである。

「あう……」

千代が呻き、ヌルヌルッと根元まで膣内に受け入れて股間を密着させた。

新九郎も、再び熱く濡れた千代の中に根元まで納まり、快感を噛み締めた。

そのまま千代を抱き寄せ、添い寝してきた初音の顔も引き寄せ、彼は同時に唇を重ねた。

二人もためらいなく唇を密着させ、三人で舌をからめ合った。

何という快感であろう。滑らかに蠢く二人の舌を舐め回し、混じり合って滴《したた》る唾液をすすった。

甘酸っぱい息の匂いが二人分、彼の鼻腔を悩ましく刺激してきた。

もう堪らず、新九郎はズンズンと股間を突き上げ、肉襞の摩擦の中で高まっていった。

「唾を、もっと飲みたい」

「はい、では千代様もこのように」

新九郎が言うと初音が答え、まずは手本を示すように、彼の口にクチュッと唾液の固まりを吐き出した。すると千代も倣《なら》い、懸命に唾液を分泌させてから口を寄せ、トロトロと注ぎ込んでくれたのだ。

彼は二人分の生温かな唾液を味わい、うっとりと喉を潤して酔いしれた。

「顔中にも……」

さらにせがむと、初音は千代を促しながら、一緒になって彼の鼻の穴をヌラヌラと舐め、頬から耳、瞼《まぶた》にまで舌を這わせてきた。それは舐めるというより、吐き出した唾液を舌で塗り付けるようで、たちまち新九郎の顔中は二人の唾液でヌルヌルにまみれた。

「い、いきそう……」

新九郎は、混じり合った果実臭で鼻腔を刺激されながら、溶けてしまいそうな快感に口走った。そして股間の突き上げを速めると、何と千代も合わせて腰を遣いはじめてきたではないか。

「ああ……、き、気持ちいい……」

と、千代が口走った。

「そうです。もっと感じて。互いに感じるのが、ご懐妊に一番良いのですよ」

初音が言い、さらに快感のツボを刺激するように千代の背や腰を撫《な》で回した。

もう我慢できず、新九郎は匂いと快感の中で絶頂に達してしまった。

「く……！」

昇り詰めて呻くと同時に、ありったけの精汁がドクンドクンと勢いよく内部にほとばしった。

「あ、熱い……、なんていい気持ち……、ああーッ……！」

すると噴出を感じた途端、千代も声を上ずらせて口走り、膣内の収縮を活発にさせながらガクガクと狂おしい痙攣《けいれん》を開始したのだ。

どうやら、本格的に気を遣ってしまったようだ。

新九郎は激しく股間を突き上げて快感を噛み締め、心置きなく最後の一滴まで出し尽くしていった。

そして、すっかり満足しながら突き上げを弱めていくと、

「アア……」

千代も満足げに声を洩らし、グッタリと力を抜いてもたれかかってきた。

新九郎は、まだ収縮する膣内に刺激されて、ヒクヒクと幹を撥ね上げながら呼吸を整えた。

「気持ち良うございましたでしょう。初音も嬉しゅうございます」

初音が囁き、やがて新九郎は、二人分の甘酸っぱい吐息を間近に嗅ぎながら、うっとりと快感の余韻に浸り込んでいったのだった。

第六章　再び気ままな股旅《またたび》へ

一

「見かけん面《つら》だな。無宿人なら寄せ場へ送るぞ」

新九郎が縁台で茶を飲んでいると、やって来た一人の岡っ引きが睨《にら》み付けて言った。

新九郎は飛翔とともに藩邸を出て上野《うえの》へ来て、不忍池《しのばずのいけ》のほとりで紅葉を眺《なが》めていたのだ。

行楽の人も多く、どこの茶屋も賑《にぎ》わい、見世物の居合抜きや曲芸なども行なわれて、何やら江戸は毎日が祭りのようだった。

飛翔は何度か江戸と国許《くにもと》を行き来しているので、今日は彼を案内してくれたのである。今日の飛翔は髪を島田《しまだ》に結った武家娘の姿が、良く似合っていた。

新九郎は着流しだ。

そして飛翔が、からんできた岡っ引きに向かって文句を言おうとしたとき、二人の男がやって来て、隣の縁台に座った。

「おう、不粋《ぶすい》なこと言うんじゃねえぞ。せっかく紅葉を眺めているんだ」

二人とも着流しで遊び人ふうだが、岡っ引きは二人を見るとぺこりと頭を下げて、足早に立ち去ってしまった。どうやら、二人ともこの界隈《かいわい》では有名な男たちらしい。

「済《す》みません。助かりやした」

新九郎は、頭を下げて男に言った。

「いいってことよ。江戸は初めてかえ？」

「ええ、昨日来たばかりでして」

「あんた、武士だね」

男が言う。やはり忠治のように、所作一つで分かってしまうようだ。

「そう言うあなたも」

「へへっ、まあ江戸はおかしなところさ。いろんなのがいるからねえ」

男が言うと、もう一人の連れが奥から何本か銚子《ちょうし》を持って新九郎の縁台にも置いてくれた。

「まあやんなさい。このお人は、遠山金四郎景元《とおやまきんしろうかげもと》という北町のお奉行だ」

「え……！」

言われて、新九郎も飛翔も目を丸くした。

「そう言うこの人は、貧乏旗本だが、江戸で一番喧嘩《けんか》の強い勝小吉さんよ」

金四郎が言い、新九郎は恰幅《かっぷく》の良い小吉を見た。

金四郎は、このとき四十八歳。小吉は三十九歳。二人とも脇差《わきざし》も帯びず着流しだった。

「あっしは上州から来た夕立の新九郎。勝さんは、壺《つぼ》振りのお駒さんをご存じですか」

「おう、知ってるよ。なに、また江戸へ舞い戻ってきたのかい」

「はい、やはり昨日一緒に」

「そうかえ、じゃ新門の辰五郎さんとこにいるだろうよ」

小吉は言い、新九郎と飛翔に酒を注《つ》いでくれた。

「いい女だねえ。だがお駒が背負ってる巴御前のように強そうだ」

「私は前林藩の片岡飛翔」

「ああ、いいよ名乗らなくて。あんたが一緒なら無宿人狩りも避《よ》けるだろうさ」

小吉は言って自分の縁台に戻り、新九郎と飛翔も遠慮なく酒を頂いた。

みな気さくで、江戸は良いところだった。

新九郎は賑やかな景色を見回し、それでも一所《ひとところ》にとどまらず、気ままに全国を見聞したかった。

やがて銚子を空にすると、飛翔が茶代だけ支払い、新九郎は金四郎と小吉に礼を言って茶屋を出た。

「どこも人ばかりですね」

「ええ、では静かなところへ」

新九郎が言うと、飛翔は言って裏手の方へ歩いて行った。そして一軒の店に足早に入ったので、彼も従った。

すると仲居が二階に案内してくれ、入ると二つ枕の床《とこ》が敷き延《の》べられていた。

そこは待合《まちあい》で、前に桶川で駒と入った部屋と似通った感じだった。まあどこも同じようになるのだろう。

飛翔はすぐにも帯を解きはじめた。彼女も、もう男のように自身の欲望が抑えられず、行動は実に正直だったが、女姿なので実に艶《なま》めかしく新鮮な眺めだった。

もちろん新九郎も、急激に淫気を催《もよお》して脱いでいった。

「結局、高崎の宿で命を捨てることもなく、ただ情交が病みつきになってしまいました……」

飛翔が自嘲気味に言い、みるみる引き締まった肌を露《あら》わにしていった。

「ええ、あっしも飛翔さんと歩いているうち、もう抱きたくて仕方がなくなっていましたので」

「本当……？　こんな私を……」

「飛翔さんは綺麗ですよ。さっき勝さんも言っていたように」

彼も答え、下帯も解いて全裸になると、先に布団《ふとん》に仰向《あおむ》けになった。もちろん一物は、期待と興奮でピンピンに勃起していた。

やがて飛翔も一糸まとわぬ姿になって近づいたので、彼は、その足首を摑《つか》んで顔に引き寄せた。

「あう、何を……」

「このまま、こうして」

新九郎は言い、飛翔の逞《たくま》しい大きな足裏を顔に受け、舌を這《は》わせた。

「アアッ……！　こ、こんなこと……」

彼女は、立ったまま片方の足を新九郎の顔に乗せて喘《あえ》いだ。

そして壁に手を突いて身体《からだ》を支え、畏《おそ》れ多さにガクガクと膝《ひざ》を震わせた。

新九郎は足裏を舐《な》め回し、指の股《また》に鼻を割り込ませてムレムレの匂《にお》いを貪《むさぼ》り、舌を潜《もぐ》らせて汗と脂《あぶら》の湿り気を味わった。

「お、お許しを……」

誰よりも武士道に生きている飛翔は、声を震わせて哀願した。しかし一方で、新九郎に翻弄《ほんろう》されることを心のどこかで望んでいるのだろう。見上げると、陰戸《ほと》から溢《あふ》れた大量の淫水が、すでに内腿《うちもも》にまで伝い流れていた。

足を交代させ、彼はそちらも味と匂いを堪能《たんのう》してから、足首を掴んで顔に跨《また》がらせた。

そして手を引いてしゃがみ込ませると、脹《ふく》ら脛《はぎ》と太腿がさらにムッチリと張り詰《つ》めて量感を増し、濡《ぬ》れた陰戸が鼻先に迫った。

生ぬるい熱気がふんわりと顔を包み、割れ目からは大きなオサネが顔を出して光沢を放っていた。

新九郎は腰を抱き寄せて茂《しげ》みに鼻を埋め、濃厚な汗とゆばりの匂いを貪って胸を満たし、舌を這わせていった。息づく膣口の襞《ひだ》を掻《か》き回し、ゆっくり味わいな

がらオサネまで舐め上げると、

「あう……、き、気持ちいい……！」

飛翔も素直な言葉を発し、思わず座り込みそうになって懸命に彼の顔の左右で両足を踏ん張った。

オサネに吸い付くと、さらに大量の淫水がトロトロと滴《したた》るほどに溢れてきた。

新九郎は淡《あわ》い酸味をすすり、さらに引き締まった尻の真下に潜り込み、顔中に双丘を受け止めながら谷間の蕾《つぼみ》に鼻を埋め込んだ。

そこはやはり秘めやかな匂いを籠《こ》もらせ、嗅《か》ぐたびに鼻腔《びこう》を刺激してきた。

彼は充分に嗅いでから舌を這わせ、襞を濡らしてヌルッと潜り込ませて粘膜を味わった。

「く……、そこは、ご勘弁《かんべん》を……」

飛翔が羞恥《しゅうち》に息を詰め、キュッキュッと肛門で舌先を締め付けた。

新九郎も、充分に舌を蠢《うごめ》かせてから再び移動し、濡れた陰戸を舐め回し、オサネに吸い付いていった。

「も、もう堪忍《かんにん》……」

飛翔が絶頂を迫らせ、降参するように言った。

「どうか、このままゆばりを放って下さいませ」

「え……、な、何を……」

真下から言うと、飛翔が驚いたように聞き返してきた。

「こぼさぬように飲むので、どうか少しだけで良いから」

「そ、そのようなこと決して、あう……！」

オサネを吸われ、彼女が息を呑《の》んだ。そして舌先で尿口あたりを刺激すると、白い下腹がヒクヒクと波打った。

「さあ、どうか」

「そ、そんな……」

再三促《うなが》して吸うと、飛翔も徐々に柔肉を蠢かせた。彼が本気で求めており、しなければ終わらぬと悟《さと》ったのかも知れない。

「で、出そう……、本当によろしいのですか……」

彼女が声を震わせて言うと、新九郎は返事の代わりに吸引を強めた。

すると柔肉が迫《せ》り出すように盛り上がり、急に温《ぬく》もりと味わいが変化し、すぐにもポタポタと温かな雫《しずく》が滴ってきた。

それを舌に受け止めると、間もなくチョロチョロとか細い流れが口に注《そそ》がれてきた。

「アア……！」

飛翔が喘ぎ、いったん放たれると止めようもなく、さらに勢いが増してほとばしった。

新九郎は仰向けなので噎《む》せないように注意しながら、懸命に喉《のど》に流し込んだ。緊張によるものか、味と匂いが濃いが、喉が拒絶するほどの刺激ではなく、むしろ彼は興奮を増しながら飲み込み続けた。

勢いが最高潮になると、さすがに溢れさせそうになったが、それで急激に流れが衰《おとろ》えてゆき、何とか彼は一滴もこぼさず飲み干すことが出来た。

残り香の中で割れ目に吸い付き、余りの雫をすすって舌を挿《さ》し入れると、すぐにも新たな蜜汁が溢れて淡い酸味のヌメリが満ちていった。

「あうう……、ど、どうか、もう……」

飛翔が息も絶えだえになって呻《うめ》き、懸命に股間を引き離していった。

そして移動すると仕返しするように一物にしゃぶり付き、根元まで呑み込んで吸い、舌をからませて唾液にまみれさせた。

「どうか、跨いで」

新九郎も充分すぎるほど高まり、危うくなる前に彼女の手を引いて言った。

すると飛翔も素直に口を離して前進し、彼の股間に跨がると、唾液に濡れた先端を膣口に受け入れて座り込んだ。

「ああッ……、すごい……！」

ヌルヌルッと根元まで納めると、彼女は股間を密着させ、顔を仰《の》け反《ぞ》らせて喘いだ。

新九郎も肉襞の摩擦《まさつ》ときつい締め付けに包まれ、快感を嚙《か》み締めながら両手を伸ばして彼女を抱き寄せた。

まだ動かず、温もりと感触を味わい、顔を潜らせて乳首に吸い付いた。

顔中に膨《ふく》らみを受けながら舌で転がし、前歯でコリコリと刺激すると、

「く……！」

飛翔が感じて呻き、さらにキュッときつく締め上げてきた。

彼は左右の乳首を交互に含んで舐め回し、歯も使って愛撫《あいぶ》し、さらに腋《わき》の下にも鼻を押しつけた。腋毛に籠もった濃厚に甘ったるい汗の匂いを嗅ぐと、膣内の一物が歓喜にヒクヒクと脈打った。

やがて快感が高まると、彼はしがみつきながらズンズンと股間を突き上げはじ

めた。

「アア……、いい気持ち……！」

飛翔も喘ぎ、合わせて腰を遣った。

大量に溢れる淫水が律動を滑《なめ》らかにさせ、クチュクチュと湿った摩擦音を響かせた。

新九郎は次第に動きを強めながら唇を重ね、ネットリと舌をからめて生温かな唾液をすすった。そして飛翔の口に鼻を押しつけ、甘く濃厚な吐息を嗅ぎながら昇り詰めてしまった。

「い、いく……！」

突き上がる快感に口走り、ありったけの熱い精汁を勢いよく注入すると、

「あう……、いい……！」

噴出を感じた飛翔も呻き、そのまま気を遣《や》ってしまった。

彼は収縮する膣内で心置きなく最後の一滴まで出し尽《つ》くし、満足しながら動きを弱めていった。

「ああ……」

飛翔も声を洩《も》らし、硬直を解きながらグッタリと力を抜いた。

新九郎は、いつまでも収縮する膣内でヒクヒクと幹を震わせて呼吸を整えた。そして火のように熱く湿り気ある、かぐわしい息を間近に嗅ぎながら、うっとりと快感の余韻《よいん》を味わったのだった……。

二

「昼間だけど、千代様を抱いて構わないかな」

　屋敷へ戻り、昼餉が済んだ頃に新九郎は初音を呼び出して言った。

「ええ、もちろん構いません。術をかけて参りますので、少しお待ちを」

初音は答え、いったん奥向きに行った。そして四半刻（約三十分）ほど待つと戻ってきて、新九郎を奥へ案内した。

藩邸では、藩士たちが老朽化した屋敷の修繕箇所を調べ、間もなく本格的な改築を始めようとして慌《あわ》ただしかった。

千代の寝所に行くと、昼間だが彼女は前と同じように寝巻姿で布団に座して待っていた。

新九郎が淫気を高めて迫ると、入れ替わりに初音が出て行った。これで初音が寝所の番をし、余人を近づけないようにしてくれるだろう。

彼は着流しだが、千代はすっかり彼を高明と思い込んで、熱っぽい眼差《まなざ》しを向けていた。

すぐにも新九郎は着物と下帯を脱ぎ去って全裸になり、千代の寝巻も全て脱がせて仰向けにさせた。そしてまずは、千代の足に屈《かが》み込み、足裏を舐め、形良く揃《そろ》った指の間に鼻を割り込ませて嗅いだ。

今日は抜き打ちだから湯浴みの余裕もなく、控《ひか》えめではあるが汗と脂の湿り気と、蒸れた匂いが感じられた。

新九郎は千代の足の匂いを貪り、爪先《つまさき》にしゃぶり付いて全ての指の股に舌を挿し入れて味わった。

「あう……、と、殿……」

千代がビクリと足を震わせて呻き、唾液に濡れた指先で舌先をキュッと挟《はさ》み付けてきた。昨夜から、彼女も快楽に目覚めて、すっかり感じやすくなっているようだ。

彼は両足ともしゃぶり尽くし、すっかり味と匂いを堪能《たんのう》してから、脚の内側を舐め上げ、股間に顔を進めていった。そして白くムッチリとした内腿を舌でたどり、大股開きにさせて陰戸に迫った。

やはり幼い頃から乳母《うば》などに面倒を見てもらってきた姫様育ちだから、股間を見られる羞恥心は薄く、彼女は両膝を開いてじっとしていた。

陰戸に目を凝《こ》らすと、初音の術と、千代自身の期待に、すでに熱い淫水が溢れはじめていた。

指で陰唇を広げると、快楽に目覚めたばかりの膣口が襞を濡らして息づき、小粒ながらオサネも光沢を放ってツンと突き立っていた。

顔を埋め込んで柔《やわ》らかな恥毛に鼻を擦《す》りつけると、やはり昨夜よりも濃い汗とゆばりの匂いが悩ましく鼻腔をくすぐってきた。

新九郎は、もう二度と縁はないであろう高貴な姫君の匂いを胸いっぱいに吸い込み、舌を這わせていった。

陰唇の内側を舐め回し、膣口をクチュクチュと掻き回して淡い酸味を貪り、ゆっくりとオサネまで舐め上げていった。

「あう……！」

千代が小さく呻き、キュッと内腿で彼の両頰《ほお》を挟み付けてきた。

新九郎はチロチロと小刻《こきざ》みに弾《はじ》くようにオサネを愛撫しては、新たにヌラヌラと溢れてくる蜜汁をすすった。

千代も相当に感じているらしく、懸命に声を抑えながら白い下腹をヒクヒクと波打たせた。

さらに彼は千代の両脚を浮かせ、白く丸い尻の谷間に鼻を埋め込んでいった。

今日は淡い汗の匂いに混じり、秘めやかな微香が籠もって、悩ましく鼻腔を刺激してきた。

新九郎は舌を這わせ、充分に襞を濡らしてから潜り込ませ、ヌルッとした滑らかな粘膜を味わった。

「く……」

千代も呻き、肛門で舌先を締め付けてきた。

彼は心ゆくまで舌を蠢かせてから引き離し、再び陰戸を舐め回した。

「き、気持ちいい……」

彼女が喘ぎ、何度かビクッと身を弓なりに反らせた。

「顔を跨いでくれ」

新九郎は言い、そのまま仰向けになりながら千代の股間を上にさせていった。

「と、殿のお顔を跨ぐなど……」

さすがに彼女も遠慮がちに言った。

昨夜は茶臼《ちやうす》(女上位)で交わったのに、すでに忘れているようだ。それでも初音の術が効いているから、拒《こば》むことはせず素直に跨がってきた。

新九郎は千代の腰を引き寄せ、顔中に股間を受け止めた。

そして茂みに籠もる匂いを貪り、滴る淫水を舐め取りながら、

「ゆばりを放ってくれ」

真下から言うと、千代が驚いたようにビクリと腰を震わせた。

「な、なぜそのような……」

「戦場で山野を迷い、水がないときはゆばりを飲むのが良いとされているので、そのときの稽古《けいこ》だ」

もっともらしいことを言うと、また千代は素直に息を詰めて下腹に力を入れ、尿意を高めはじめてくれた。

「ほ、ほんの少ししか……」

「ああ、構わぬ、それで良い」

少量でも味わえば気が済むので、すぐに新九郎も答えた。それに多すぎて噎せたりこぼしたりしても困るので、願ってもないことだった。

千代が声を洩らすと同時に、割れ目内部の柔肉が蠢き、温かなゆばりが満ちてチョロチョロと滴ってきた。

「アア……」

新九郎は夢中になって口に受け、淡い味わいと匂いのする清らかな流れを注意深く喉に流し込んでいったのだった。

三

「あうう……、良いのでしょうか……、おかしな気持ち……」

千代が朦朧《もうろう》としながらか細く言い、新九郎の口にゆるゆると放尿を続けた。

彼も懸命に受け止めながら飲み込んだ。

すると勢いが増したかと思うと、間もなく治まり、あとは温かな雫がポタポタと滴るだけとなった。

新九郎は余りの雫をすすり、残り香を味わいながら舌を挿し入れて割れ目内部を掻き回した。すると、新たな蜜汁が溢れて舌の動きを滑らかにさせ、淡い酸味のヌメリが満ちていった。

「ああ……、いい気持ち……」

千代も、うっとりと喘ぎ、思わずギュッと彼の顔に座り込んできた。

しかしオサネを吸われ、思わず気を遣りそうになるとビクッと股間を引き離してきた。

新九郎も舌を引っ込め、そのまま移動した彼女の顔を胸に抱き寄せた。

乳首を押し付けると、千代も熱い息で肌をくすぐり、チロチロと舐め回してくれた。

「噛んでくれ……」

刺激を求めて言うと、千代も綺麗な歯でキュッと噛み締めてくれた。

「ああ、もっと強く……」

甘美な痛みに喘いで言うと、彼女も小刻みに歯を立て、もう片方の乳首も愛撫してくれた。

さらに顔を下方へ押しやると、千代も舌を這わせながら肌を移動し、やがて彼が大股開きになると、真ん中に腹這い股間に顔を寄せてきた。

両脚を浮かせて抱えると、千代も厭《いと》わず彼の尻の谷間を舐めてくれ、ヌルッと潜り込ませてきた。

「あう……、いい……」

新九郎は妖《あや》しい快感に呻き、キュッと肛門で千代の舌先を締め付けた。

彼女も内部で舌を蠢かせてくれ、熱い鼻息でふぐりをくすぐった。その刺激に内側から刺激された一物がヒクヒクと上下した。

やがて脚を下ろすと、千代も自然に舌をふぐりに移し、二つの睾丸を転がして袋全体を生温かな唾液にまみれさせてくれた。

せがむように幹を震わせると、千代も肉棒の裏側を舐め上げてきた。

絹《きぬ》のように滑らかな舌先が先端まで来ると、彼女は幹を指で支え、鈴口から滲《にじ》みはじめた粘液を舐め取り、亀頭全体にしゃぶり付いてくれた。

「深く入れて……」

言うと、千代も上品な口を精一杯丸く開いてスッポリと呑み込み、頬をすぼめてチュッと吸い付いてくれた。

熱い鼻息が恥毛をそよがせ、唇が幹を丸く締め付け、内部ではクチュクチュと舌が蠢いた。

「ああ、気持ちいい……」

新九郎は、温かく濡れた口の中で、唾液にまみれた肉棒をヒクヒクと震わせながら快感に喘いだ。

小刻みに股間を突き上げると、

「ンン……」

先端で喉を突かれるたび千代が小さく呻き、たっぷりと唾液を出して肉棒を温かく浸《ひた》した。すると彼女も合わせて顔を上下させ、濡れた口でスポスポと摩擦してくれた。

やがて充分に高まると、新九郎は彼女の手を握った。

千代もスポンと口を引き離し、引っ張られるまま身を起こして前進してきた。

「では、上から入れて」

「はい……」

千代が素直に頷《うなず》き、彼の股間に跨がり、自らの唾液に濡れた亀頭に陰戸を押し付けてきた。そして位置を定めると息を詰めて、ゆっくりと腰を沈み込ませていった。

張りつめた亀頭が潜り込むと、あとはヌメリと重みに任せ、ヌルヌルッと滑らかに根元まで受け入れて座り込んだ。

「アアッ……！」

千代が顔を仰け反らせて喘ぎ、ピッタリと股間を密着させてきた。

新九郎も肉襞の摩擦と締め付けを噛み締め、温もりに包まれながら彼女を抱き寄せた。

そして潜り込むようにして可憐《かれん》な乳首を含んで舌で転がし、顔中に押し付けられる柔らかな膨らみを味わった。

「あう……、中で動いています……」

幹が震えるたび、千代が過敏にキュッと締め付けて呻いた。

彼は左右の乳首を吸って充分に味わい、千代の腋の下にも鼻を埋め込み、和毛《にこげ》に籠もった甘ったるい汗の匂いを貪った。やはり昨夜より匂いが濃く、その刺激が胸から一物に伝わっていった。

もう我慢できず、ズンズンと股間を突き上げはじめると、

「ああ……、いい気持ち……」

千代が喘ぎ、新たな蜜汁を溢れさせながら腰を遣った。

たちまちクチュクチュと湿った摩擦音が聞こえ、互いの動きが一致して、次第に勢いを増していった。

新九郎は下から両手を回し、僅《わず》かに両膝を立てて動き続けた。

唇を求めると、千代も上からピッタリと重ね合わせてきた。

舌を挿し入れると彼女もチロチロとからみ合わせ、生温かく清らかな唾液を滴らせた。

彼はヌメリをすすり、さらに千代の口に鼻を押し込み、湿り気ある甘酸《あまず》っぱい息を胸いっぱいに嗅いだ。これも昨夜より濃厚な刺激を含み、彼は鼻腔を満たしながら高まった。

「唾《つば》をもっと……」

言うと千代も息を弾ませながら、懸命に分泌《ぶんぴつ》させてからトロトロと吐き出してくれた。彼は小泡の多い生温かな粘液を味わい、うっとりと喉を潤《うるお》した。

「舐めて……」

さらに顔中を擦りつけると、千代もヌラヌラと舌を這わせ、鼻の穴から頬まで唾液にまみれさせてくれた。

新九郎は、可愛《かわい》らしく甘酸っぱい吐息と唾液の匂いに包まれながら、とうとう堪《たま》らずに昇り詰めてしまった。

「く……！」

突き上がる快感に呻き、熱い大量の精汁をドクンドクンと勢いよく柔肉の奥にほとばしらせた。

「あう、熱い……、何ていい気持ち……、アアッ……！」

噴出を受けた途端、千代も気を遣って喘ぎ、膣内の収縮を最高潮にさせながらガクガクと狂おしい痙攣《けいれん》を開始した。

新九郎は心ゆくまで快感を嚙み締め、最後の一滴まで出し尽くして、これが命中するようにと願った。

今後、自分の子が藩主になるというのも妙な気持ちだが、もちろんそのことで良い思いをしようというつもりもない。ただ母を安心させ、病弱な兄を手助けする思いがあるだけだった。

やがて新九郎は出し切って突き上げを弱め、力を抜いていった。

「ああ……」

千代も声を洩らすと、肌の強《こわ》ばりを解いてグッタリと体重を預けてきた。

気を遣った直後の膣内がキュッキュッときつく締まり、刺激された一物が過敏にヒクヒクと震えた。

新九郎は彼女の重みと温もりを受け止め、熱く湿り気ある果実臭の息を嗅ぎながら、うっとりと快感の余韻を味わったのだった。

千代も、あまりの快感で失神したようにもたれかかっていた。

彼が呼吸を整えると、千代もそろそろと股間を引き離してゴロリと横になっていった。

すると、そこへ初音が入ってきて懐紙で一物を拭《ぬぐ》い、千代の陰戸も丁寧《ていねい》に処理してやった。

「さて、ではあとは頼む」

新九郎は言って下帯を着け、着物を着て立ち上がった。そして千代の寝所を出て、自分の部屋に戻っていったのだった。

四

「やっぱり、行ってしまうのですか……」

新九郎が部屋で身仕度《みじたく》を調えていると、初音が来て言った。

七つ（午後四時頃）を過ぎた頃から、急に雨が降りはじめた。それはたちまち激しい降りとなり、外で屋敷の修繕箇所を調べていた藩士たちも、みな中に入ってきた。

「ああ、黙って出るので、どうか母上と兄上によろしく」

「では、千代様が孕《はら》むまでは無理ですね」

「そんな悠長なことは出来ない。孕むかどうかは神様が決めてくれるだろう」

「こんな雨の中に出るなんて、何て酔狂な……」

「夕立新九郎らしいだろう」

彼が苦笑しながら言うと、いったん初音が部屋を出てゆき、しばらくして戻ってきた。

「これを……」

初音は、新しい下帯や晒《さら》しの替えや、梅干しと漬け物を添えた握り飯の包みを渡してくれた。

「済まない」

新九郎は答え、振り分け荷物の中にそれを入れ、久々に腹掛けと股引《ももひき》、手甲脚《てっこうきゃ》
絆《はん》を締めて着物を端折《はしょ》った。

「それから、この金を。五十両あります」

「そんなものは要《い》らない。まさか忠治親分から預かった金では」

「そんな。親分から預かった金は権造に渡して、義理は果たしたでしょう。これ

は私が辰巳一家から拝借したもの」

「同じことだ」

「いいえ、一家離散になったんだから、八州廻りに没収されるより生きた金になるでしょう」

「いいってば。そんな恵まれた渡世人《とせいにん》があるものか」

新九郎は固辞し、縁側で草鞋《わらじ》を履《は》いてきっちりと紐《ひも》を締めた。

「これからどっちの方へ？」

「そうだな。富士《ふじ》でも眺めて東海道《とうかいどう》を行くか」

「そう。何となく、新さんが渡世人になった気持ちが分かるような気がするわ。お武家は一所懸命だけど勝手が利かないから」

「ああ、では達者でな」

「小田浜《おだはま》の喜多岡《きたおか》家は、佐枝様の実家よ」

「いや、武家に頼る気はないさ」

「そう、それから清水《しみず》に、俠気《おとこぎ》のある長五郎《ちょうごろう》という名物男がいるらしいわ。やがて大きな一家を構えるかも知れないという噂《うわさ》よ」

「へえ、遠くのことまで詳しいな。縁があったら寄ってみよう」

新九郎は言い、三度笠《さんどがさ》をかぶり長脇差を腰に帯びた。

そして合羽《かっぱ》を着た彼は縁側から雨の中へ出て、初音の視線を背に感じながら、裏門から急ぎ足に去っていった。

激しい雨に打たれると、僅かながら再び身についた武家の匂いが消え去るようだった。

浅草《あさくさ》の新門辰五郎を訪ねようかと思ったが、それではまた江戸に滞在することになりそうだ。江戸は気に入ったが、一所に長くいると、いつまでも前林藩との縁も切れないだろう。

とにかく彼は夕立の中、日本橋から東海道を歩いた。

そして品川《しながわ》を抜ける頃に雨が上がり、眩《まぶ》しい夕焼けが目に沁《し》み、大空に虹が架《か》かった。

茶店の片隅で、もらった握り飯で夕餉を済ませると、また歩きはじめたが川崎《かわさき》の手前で日が暮れ、たちまち夕闇が迫って星が煌《きら》めきはじめた。

すでに江戸の賑わいはなく見渡すかぎりの草原で、遠くにわらぶき屋根が点在しているだけである。

街道を進みながら野宿の場所を探していると、烏《からす》がカアーと鳴いて、見ると古寺があった。

（鳥に導かれるとは、これが本当の旅ガラスだな……）

新九郎は笑って思い、街道を外れて草の中を進み、無人らしい荒れ寺に近づいていった。

すると、中から三味線《しやみせん》の音と歌声が聞こえてきたのだ。

〽オラが背戸《せど》の早稲田《わせだ》の稲を、何鳥がまくらった
スズメ鳥がまくらった、スズメすわどり立ち上がりゃ、ホーイホイ……

荒れ果てた庫裡《くり》に入ってみると、果たして初音であった。

「何やら、最初に会った時を思い出すな」

「佐枝様に言われて、どうしても付かず離れずお守りしろと」

言うと、初音がはにかみながら答えた。

さすがに素破《すつぱ》で、新九郎の出奔《しゆつぽん》を佐枝に相談し、なおかつ彼を追い越して先回りしていたのだ。

そして高明に万一のことがあったら、彼は強引に江戸屋敷に連れてゆかれるの

ではないだろうか。

「女に守られて旅をするとはな」

「邪魔はしません。今までのように、新さんが誰と懇《ねんご》ろになろうとも」

「そんなに恵まれるわけないだろう。今までがどうかしていたのだ」

新九郎は苦笑し、長脇差を鞘《さや》ぐるみ抜くと、笠と合羽を脱いで囲炉裏端《いろりばた》に腰を下ろした。

「だが、誰を抱こうとも初音が一番好きだ」

「まあ、それは嬉《うれ》しいです」

言うと初音が可憐な笑みを浮かべて答えた。

「初音だけは、ためらいなく言うことを聞いてくれるからな」

「それは、武士じゃなく素破ですからね。お仕えする方の言いつけなら、ためらいも羞《は》じらいも捨てて何でも致します」

「あっしを殺せと言ってもか」

「あい、それが本気ならば」

「所帯を持ってくれと言ったら？」

「そればかりは叶《かな》いません。住む世界が違うのですから」

「同じだよ。みな変わりない。姫君まで抱いてよく分かった」

新九郎は言ったが、やはり所帯を持つ気持ちはない。ただ会話の流れで言ってみただけだった。

そして話しながら、新九郎は言いようのない激しい淫気を湧《わ》かせてしまった。

しかも先に来ていた初音の甘ったるい匂いが、狭《せま》い庫裡の中に生ぬるく籠もっているのだ。

「寝る前に、いいか」

「ええ、何でもお好きなように」

「お前の匂いが一番好きだ」

「匂いだけは恥ずかしいです。素破は、本来戦いの前に全ての匂いを消すものですから。今はただの鳥追いなので、自然のままにしていますが」

「ああ、それがいい」

新九郎は言って帯を解き、着物を脱ぎはじめた。

初音も手早く着物を脱ぎ去ると筵《むしろ》の上に敷き、たちまち二人で全裸になってしまった。

「どうすればよろしいですか」

「まあ、本当にご兄弟が逆でなくてようございました」

初音が呆《あき》れたように言い、新九郎は仰向けになって勃起した一物を晒した。

「殿様育ちだったら、こうはならないだろう。前林藩の武士たちから、郷士としてずいぶん虐《しいた》げられたからな」

「ならば逆に、仕返しのため乱暴になるはずでしょうに」

「女は別だ。とにかく義母が厳しかったから淫気を抑え続け、無宿人になったら一気に放たれてしまった」

新九郎は言い、初音の愛撫をせがんだ。

「お顔を踏むのですか」

「ああ、お前だけはあっしの素性に関わりなくしてくれるだろう」

「ええ、しますけど。こうですか」

初音は言って近づき、彼の顔の横に立って足裏を乗せてくれた。

新九郎はうっとりと美女の足裏を感じ、舌を這わせた。

「アア……、くすぐったくて、いい気持ち……。佐枝様が知ったら、どんな顔をするでしょうね……」

「では、また足から」

初音は言い、遠慮なく重みをかけてくれた。

彼も踵《きびす》と土踏まずを舐め回し、指の股の蒸れた匂いを貪りながら汗と脂の湿り気を吸収した。

さらに彼は爪先をしゃぶり、全ての指の股を舐め回してから足を交代してもらった。

新鮮な味と匂いを堪能すると、やがて顔に跨がらせた。

初音も、ためらいなくしゃがみ込み、健康的な太腿と脹ら脛をムッチリと張り詰めさせて、陰戸を彼の鼻先に迫らせてきた。

僅かに陰唇が開き、中の柔肉が覗《のぞ》き、すでにヌメヌメと潤いはじめているのが見えた。

新九郎は彼女の腰を抱き寄せ、柔らかな茂みに鼻を埋め込んで嗅いだ。

隅々には、甘ったるい汗の匂いが濃厚に籠もり、それにゆばりの匂いも入り交じって鼻腔を刺激してきた。

「ああ、いい匂い……」

貪りながら言うと、匂いのことだけに初音が羞じらうように腰をくねらせた。

新九郎は嗅ぎながら舌を這わせ、溢れてきた淡い酸味のヌメリをすすり、オサネを舐め回していった。

五

「アア……、いい気持ち……、新さん……」

初音がうっとりと喘ぎ、トロトロと蜜汁を漏らしてきた。

新九郎は執拗《しつよう》にオサネを舐め、ヌメリを味わってから、尻の真下に潜り込んでいった。

ひんやりして弾力ある双丘を顔中に受け止め、谷間の可憐な薄桃色の蕾に鼻を埋めると、やはり汗の匂いに混じって生々しい微香が籠もって、嗅ぐたびに鼻腔が悩ましく刺激された。

胸いっぱいに可愛い匂いを嗅いでから舌を這わせ、細かに震える襞を濡らしてからヌルッと潜り込ませて粘膜を味わった。

「あう……」

初音が呻き、キュッと肛門で舌先を締め付けてきた。

新九郎が内部で舌を蠢かすと、さらなる淫水が滴って鼻先を濡らした。

舌を抜いて再び陰戸に戻り、大量のヌメリをすすった。

「ゆばりを出してくれ」

言うと、初音もすぐに下腹に力を入れ、柔肉を盛り上げながらチョロチョロとためらいなく温かなゆばりを放ってくれた。

「アア……」

初音は小さく声を洩らし、それでも勢いがつかないよう加減しながら注ぎ、新九郎も淡い味と匂いを堪能しながら喉を潤した。

流れはすぐに治まり、彼は残り香を味わいながら余りの雫をすすった。

「ああ……、もう駄目《だめ》……」

前も後ろも存分に舐めると、初音が降参するように言ってビクリと股間を引き離してきた。

そして自分から彼の胸に屈み込み、チロチロと乳首に舌を這わせ、熱い息で肌をくすぐった。彼が好むのを知っているので、初音はキュッと歯も立てて刺激してくれ、左右の乳首を愛撫してから肌を舐め降りていった。

彼が大股開きになると真ん中に腹這い、まずはふぐりにしゃぶり付いて念入りに睾丸を転がし、袋全体を温かな唾液に濡らしてくれた。

やがて肉棒の裏側をゆっくり舐め上げ、先端に舌を這わせてきた。

「ああ、気持ちいい……」

新九郎はうっとりと身を任せて喘ぎ、ヒクヒクと幹を震わせた。

初音は幹を指で支え、鈴口から滲む粘液を丁寧に舐め取り、張りつめた亀頭もしゃぶって、やがてスッポリと喉の奥にまで呑み込んでいった。

根元まで含むと、彼女は熱い鼻息で恥毛をくすぐり、唇で幹を丸く締め付けて強く吸い、中ではクチュクチュと舌がからみついてきた。

「い、入れたい……」

すっかり高まった新九郎は言い、唾液にまみれた幹をヒクヒク震わせた。

初音も吸い付きながらチュパッと引き抜き、すぐにも身を起こして前進し、屹《きっ》立《りつ》した肉棒に跨がってきた。

先端に濡れた陰戸を押し付け、ゆっくりと腰を沈み込ませると、一物は肉襞の摩擦を受けながらヌルヌルッと滑らかに根元まで呑み込まれていった。

「アアッ……！」

初音が顔を仰け反らせて喘ぎ、完全に座り込むと彼の胸に両手を突っ張って、密着した股間をグリグリと擦りつけた。

新九郎も温もりと締め付けに包まれ、やがて両手で彼女を抱き寄せた。

初音が身を重ねてくると、彼は顔を上げて薄桃色の乳首に吸い付き、舌で転がしながら柔らかな膨らみを顔中で味わった。

彼女が感じるたび、中がキュッキュッと締まって肉棒が刺激された。

新九郎は左右の乳首を順々に含んで舐め回し、さらに匂いを求めて腋の下にも鼻を押しつけていった。

和毛は汗に湿り、何とも甘ったるい匂いが生ぬるく籠もって、彼はうっとりと胸を満たした。

そしてズンズンと小刻みに股間を突き上げはじめると、

「ああ……、いい気持ち……」

初音が熱く喘ぎ、合わせて腰を遣いはじめた。

新九郎は白い首筋を舐め上げ、初音の喘ぐ口に鼻を押しつけた。

乾いた唾液の香りに混じり、彼女本来の甘酸っぱい息の匂いが悩ましく鼻腔を刺激してきた。

野生の果実のような匂いに酔いしれながら突き上げを速めると、さらに淫水が大量に溢れて動きが滑らかになり、クチュクチュと卑猥《ひわい》に湿った摩擦音も聞こえてきた。

唇を重ね、互いにネットリと舌を舐め合いながら動きを激しくさせていった。

「唾を、いっぱい……」

せがむと初音も大量の唾液を口に溜《た》め、トロトロと口移しに注ぎ込んでくれ、彼も生温かな粘液を味わい、うっとりと喉を潤した。

さらに彼女も、新九郎に言われる前に顔中にも唾液を垂らし、ヌラヌラと舌で塗り付けてくれた。

「ああ……、いきそう……」

新九郎は果実臭に酔いしれながら喘ぎ、そのまま大きな絶頂の渦に巻き込まれていった。ありったけの熱い精汁がドクンドクンと勢いよく柔肉の奥にほとばしると、

「い、いく……、アアーッ……!」

噴出を感じた初音も同時に気を遣り、声を上げながらガクガクと狂おしい痙攣を開始した。新九郎は膣内の心地よい収縮の中で快感を噛み締め、心置きなく最後の一滴まで出し尽くしていった。

「ああ……」

すっかり満足しながら声を洩らし、突き上げを弱めて力を抜いていくと、

「良かったわ。すごく……」

初音も、するたびに大きな快楽を得て身を震わせ、満足げに声を洩らした。

そして動きを止め、グッタリと彼に体重を預けてきた。

まだ膣内が息づくような収縮を繰り返し、射精直後で過敏になった一物がヒクヒクと中で跳《は》ね上がった。

新九郎は重みと温もりの中、甘酸っぱい息を嗅ぎながら心ゆくまで快感の余韻を味わったのだった。

やがて呼吸を整えると、初音がそろそろと股間を引き離し、懐紙で手早く陰戸を拭うと屈み込んで、淫水と精汁にまみれた一物にしゃぶり付き、舌で綺麗にしてから懐紙で拭《ふ》いてくれた。

「ああ、もういいよ、また催しそうだ……」

新九郎が言うと、ようやく初音も処理を終えて、甘えるようにピッタリと添い寝してきた。

「じゃ、このまま眠りましょう」

彼女が言い、肌を寄せ合いながら互いの身体に着物を掛けた。

新九郎も、初音の温もりと匂いを感じながら身を投げ出して目を閉じた。

（いろんなことがあったな……）

前林を出て、高崎から江戸へ来る間に、何しろ多くの出来事があり、何人もの女が彼を通り過ぎていったのだ。

初音だけは、今後とも身近に接することが出来るだろう。

とにかく武家の柵《しがらみ》から抜け出て、明日からまた気ままな旅が始まるのだ。

いろいろなことに巡《めぐ》り合うのは、これからなのである。

何を求めているのか自分でも分からない。だが、旅の途中で何かが見つかる気がしていた。

そんなことを思っているうち、いつしか彼は深い睡《ねむ》りに落ちていった……。


――翌朝、目を覚ますと初音の姿はなかった。

気配に気づかれず去ったのは、さすがに素破だけのことはある。

新九郎が身を起こすと、囲炉裏の鍋《なべ》に粥《かゆ》が出来ていた。彼は椀《わん》に盛って朝餉を済ませると、間もなく日が昇りはじめた。

着物を羽織《はお》って外に出ると、草むらで用を足し、井戸水で顔を洗った。

庫裡に戻って身仕度を調えると、長脇差を腰に帯び、笠と合羽を着けると外に出た。

今日は秋晴れになりそうだ。

遠くから、カアーと烏の声が聞こえてきた。初音が、先に行っていますよ、とでも言っているようだ。

やがて新九郎は街道に出て、朝風に吹かれながら東海道を進んでいったのだった……。

美女百景

一〇〇字書評

切り取り線

購買動機（新聞、雑誌名を記入するか、あるいは○をつけてください）	
□（　　　　　　　　　　）の広告を見て	
□（　　　　　　　　　　）の書評を見て	
□ 知人のすすめで	□ タイトルに惹かれて
□ カバーが良かったから	□ 内容が面白そうだから
□ 好きな作家だから	□ 好きな分野の本だから

・最近、最も感銘を受けた作品名をお書き下さい

・あなたのお好きな作家名をお書き下さい

・その他、ご要望がありましたらお書き下さい

住所	〒				
氏名		職業		年齢	
Eメール	※携帯には配信できません	新刊情報等のメール配信を 希望する・しない			

この本の感想を、編集部までお寄せいただけたらありがたく存じます。今後の企画の参考にさせていただきます。Eメールでも結構です。

いただいた「一〇〇字書評」は、新聞・雑誌等に紹介させていただくことがあります。その場合はお礼として特製図書カードを差し上げます。

前ページの原稿用紙に書評をお書きの上、切り取り、左記までお送り下さい。宛先の住所は不要です。

なお、ご記入いただいたお名前、ご住所等は、書評紹介の事前了解、謝礼のお届けのためだけに利用し、そのほかの目的のために利用することはありません。

〒一〇一-八七〇一
祥伝社文庫編集長 坂口芳和
電話 〇三（三二六五）二〇八〇

祥伝社ホームページの「ブックレビュー」からも、書き込めます。
http://www.shodensha.co.jp/bookreview/

祥伝社文庫

美女百景《びじょひやつけい》 夕立《ゆうだ》ち新九郎《しんくろう》・ひめ唄道中《うたどうちゆう》

平成28年10月20日　初版第1刷発行

著　者　睦月影郎《むつきかげろう》

発行者　辻　浩明

発行所　祥伝社《しようでんしや》

東京都千代田区神田神保町3-3

〒101-8701

電話　03（3265）2081（販売部）

電話　03（3265）2080（編集部）

電話　03（3265）3622（業務部）

http://www.shodensha.co.jp/

印刷所　萩原印刷

製本所　ナショナル製本

カバーフォーマットデザイン　中原達治

Printed in Japan ©2016, Kagerou Mutsuki ISBN978-4-396-34257-9 C0193

〈祥伝社文庫　今月の新刊〉

西村京太郎
十津川警部　姨捨《おばすて》駅の証人
無人駅に立つ奇妙な人物。誤認逮捕か、アリバイ工作か⁉　初めて文庫化された作品集！

大下英治
逆襲弁護士　河合弘之
バブル時代は経済界の曲者と渡り合った凄腕ビジネス弁護士。現在は反原発の急先鋒！

野中　柊
公園通りのクロエ
黒猫とゴールデンレトリバーが導く、奇跡のようなラブ・ストーリー。

南　英男
殺し屋刑事《デカ》
俺が殺らねば、彼女が殺される。非道な暗殺指令を出す、憎き黒幕の正体とは？

浦賀和宏
緋《あか》い猫
息を呑む、衝撃的すぎる結末！　猫を残して、恋人は何故消えた？　イッキ読みミステリー。

辻堂　魁
待つ春や　風の市兵衛
誰が御鳥見役を斬殺したのか？　藩に捕らえられた依頼主の友を、市兵衛は救えるのか？

門井慶喜
かまさん　榎本武揚《えのもとたけあき》と箱館共和国
幕末唯一の知的な挑戦者！　理想の日本を決して諦めなかった男の夢追いの物語。

長谷川卓
戻り舟同心　逢魔刻《おうまがとき》
長年にわたり子供を拐かしてきた残虐な組織。その存在に人知れず迫り、死んだ男がいた…。

睦月影郎
美女百景　夕立ち新九郎・ひめ唄道中
武士の身分を捨て、渡世人になった新九郎。鳥追い、女将、壺振りと中山道は美女ばかり？

原田孔平
月の剣　浮かれ鳶《とんび》の事件帖
男も女も次々と虜に。口は悪いが、清々しさがたまらない。控次郎に、惚れた！

佐伯泰英
完本 **密命**　巻之十六 烏鷺《うろ》 飛鳥山黒白《あすかやまこくびゃく》
娘のため、殺された知己のため、惣三郎は悩み、戦う。いくつになっても、父は父。